D1151505

Les vacances

Retrouvez la **Comtesse de Ségur**
dans la Bibliothèque Rose

La trilogie de Fleurville :
  Les malheurs de Sophie
  Les petites filles modèles
  Les vacances
Le général Dourakine
François le bossu
L'auberge de l'ange-gardien
Diloy le cheminot
Le mauvais génie

Avertissement de l'éditeur :

Certaines expressions utilisées par l'auteur, notamment dans le récit de Paul et de M. de Rosbourg, peuvent paraître choquantes. Elles sont à replacer dans le contexte colonial de la seconde partie du XIXe siècle.

TEXTE INTÉGRAL

© Hachette Livre, 1991, 2000, 2006.

Hachette Livre, 58, rue Jean Bleuzen, 92178 Vanves cedex.

Comtesse de Ségur

née Rostopchine

Les vacances

Illustrations
Iris de Moüy

hachette
JEUNESSE

Chapitre 1

L'arrivée

Tout était en l'air au château de Fleurville. Camille et Madeleine de Fleurville, Marguerite de Rosbourg et Sophie Fichini, leurs amies, allaient et venaient, montaient et descendaient l'escalier, couraient dans les corridors, suaient, riaient, criaient, se poussaient. Les deux mamans, Mme de Fleurville et Mme de Rosbourg, souriaient à cette agitation, qu'elles ne partageaient pas, mais qu'elles ne cherchaient pas à calmer ; elles étaient assises dans un salon qui donnait sur le chemin d'arrivée. De minute en minute, une des petites filles passait la tête à la porte et demandait :

« Eh bien, arrivent-ils ?

— Pas encore, chère petite, répondait une des mamans.

— Ah ! tant mieux, nous n'avons pas encore fini. »

Et elle repartait comme une flèche.

« Mes amies, ils n'arrivent pas encore ; nous avons le temps de tout finir.

CAMILLE

Tant mieux ! Sophie, va vite au potager demander des fleurs...

SOPHIE

Quelles fleurs faut-il demander ?

MADELEINE

Des dahlias et du réséda ; ce sera facile à arranger, et l'odeur en sera agréable et pas trop forte.

MARGUERITE

Et moi, Camille, que dois-je faire ?

CAMILLE

Toi, cours avec Madeleine chercher de la mousse pour cacher les queues des fleurs. Moi je vais laver les vases à la cuisine, et j'y mettrai de l'eau. »

Sophie courut au potager et rapporta un grand panier rempli de beaux dahlias et de réséda qui embaumait.

Marguerite et Madeleine ramenèrent une brouette pleine de mousse.

Camille apporta quatre vases bien lavés, bien essuyés et pleins d'eau.

Les quatre petites se mirent à l'ouvrage avec une telle activité, qu'un quart d'heure après, les vases étaient pleins de fleurs gracieusement arrangées ; les dahlias étaient entremêlés de branches de réséda. Elles en portèrent deux dans la chambre destinée à leurs cousins Léon et Jean de Rugès, et deux dans la chambre du petit cousin Jacques de Traypi.

CAMILLE, regardant de tous côtés.

Je crois que tout est fini maintenant ; je ne vois plus rien à faire.

MADELEINE

Jacques sera enchanté de sa chambre ; elle est charmante !

SOPHIE

La collection d'images que nous avons mise sur la table va l'amuser beaucoup.

MARGUERITE

Je vais voir s'ils arrivent !

CAMILLE

Oui, va, nous te suivons. »

Marguerite partit en courant, et, avant que ses amis aient pu la rejoindre, elle reparut haletante et criant :

« Les voilà ! les voilà ! les voitures ont passé la barrière, elles entrent dans le bois. »

Camille, Madeleine et Sophie se précipitèrent vers le perron, où elles trouvèrent leurs mamans ; elles auraient bien voulu courir au-devant de leurs cousins, mais les mamans les en empêchèrent.

Quelques instants après, les voitures s'arrêtaient devant le perron aux cris de joie des enfants. M. et Mme de Rugès et leurs deux fils, Léon et Jean, descendirent de la première. M. et Mme de Traypi et leur petit Jacques descendirent de la seconde. Pendant quelques instants ce fut un tumulte, un bruit, des exclamations à étourdir.

Léon était un beau et grand garçon blond, un peu moqueur, un peu rageur, un peu indolent et faible, mais bon garçon au fond ; il avait treize ans.

Jean était âgé de douze ans ; il avait de grands yeux noirs pleins de feu et de douceur ; il avait du courage et de la résolution ; il était bon, complaisant et affectueux.

Jacques était un charmant enfant de sept ans ; il avait les cheveux châtains et bouclés, les yeux pétillants d'esprit et de malice, les joues roses, l'air décidé, le cœur excellent, le caractère vif, mais jamais d'humeur ni de rancune.

CAMILLE

Comme tu es grandi, Léon !

LÉON

Et comme tu es embellie, Camille !

MADELEINE

Jean a l'air d'un petit homme maintenant.

8

JEAN

Un vrai homme, tu veux dire, comme toi tu as l'air d'une vraie demoiselle.

MARGUERITE

Mon cher petit Jacques, que je suis contente de te revoir ! comme nous allons jouer !

JACQUES

Oh oui ! nous ferons beaucoup de bêtises, comme il y a deux ans !

MARGUERITE

Te rappelles-tu les papillons que nous attrapions ?

JACQUES

Et tous ceux que nous manquions ?

MARGUERITE

Et ce pauvre crapaud que nous avons mis sur une fourmilière ?

JACQUES

Et ce petit oiseau que je t'avais déniché, et qui est mort parce que je l'avais trop serré dans mes mains ?

— Oh ! que nous allons nous amuser ! » s'écrièrent-ils ensemble en s'embrassant pour la vingtième fois.

Sophie seule restait à l'écart ; on l'avait embrassée en descendant de voiture ; mais elle sentait que, ne faisant pas partie de la famille, n'ayant été admise

9

à Fleurville que par suite de l'abandon de sa belle-mère, elle ne devait pas se mêler indiscrètement à la joie générale. Jean s'aperçut le premier de l'isolement de la pauvre Sophie, et, s'approchant d'elle, il lui prit les mains en lui disant avec affection :

JEAN

Ma chère Sophie, je me suis toujours souvenu de ta complaisance pour moi lors de mon dernier séjour à Fleurville ; j'étais alors un petit garçon ; maintenant que je suis plus grand, c'est moi qui te rendrai des services à mon tour.

SOPHIE

Merci de ta bonté, mon bon Jean ! merci de ton souvenir et de ton amitié pour la pauvre orpheline.

CAMILLE

Sophie, chère Sophie, tu sais bien que nous sommes tes sœurs, que maman est ta mère ! pourquoi nous affliges-tu en t'attristant toi-même ?

SOPHIE

Pardon, bonne Camille ; oui, j'ai tort ! j'ai réellement trouvé ici une mère et des sœurs.

— Et des frères, s'écrièrent Léon, Jean et Jacques.

— Merci, mes chers frères, dit Sophie en souriant. J'ai une famille dont je suis fière.

— Et heureuse, n'est-ce pas ? dit tout bas Marguerite d'un ton caressant et en l'embrassant.

— Chère Marguerite ! répondit Sophie en lui rendant son baiser.

— Mes enfants, mes enfants ! descendez vite ; venez goûter », dit Mme de Fleurville qui était restée en bas avec ses sœurs et ses beaux-frères.

Les enfants ne se firent pas répéter une si agréable invitation ; ils descendirent en courant et se trouvèrent dans la salle à manger, autour d'une table couverte de fruits et de gâteaux.

Tout en mangeant, ils formaient des projets pour le lendemain. Léon arrangeait une partie de pêche, Jean arrangeait des lectures à voix haute. Jacques dérangeait tout ; il voulait passer toute la journée avec Marguerite pour attraper des papillons et les piquer dans ses boîtes, pour dénicher des oiseaux, pour jouer aux billes, pour regarder et copier les images. Il voulait avoir Marguerite le matin, l'après-midi, le soir. Elle demandait qu'il lui laissât la matinée jusqu'au déjeuner pour travailler.

JACQUES

Impossible ! c'est le meilleur temps pour attraper les papillons.

MARGUERITE

Eh bien alors, laisse-moi travailler d'une heure à trois.

JACQUES

Encore plus impossible ; c'est juste le temps qu'il nous faudra pour arranger nos papillons, étendre leurs ailes, les piquer sur les planches de liège.

MARGUERITE

Comment, les piquer ! Pauvres bêtes ! Je ne veux pas les faire souffrir et mourir si cruellement.

JACQUES

Ils ne souffriront pas du tout ; je leur écrase la tête avant de les piquer ; ils meurent tout de suite.

MARGUERITE

Tu es sûr qu'ils meurent, qu'ils ne souffrent plus ?

JACQUES

Très sûr, puisqu'ils ne bougent plus.

MARGUERITE

Mais, Jacques, tu n'as pas besoin de moi pour arranger tes papillons ?

JACQUES

Oh ! ma petite Marguerite, tu es si bonne, je t'aime tant ! Je m'amuse tant avec toi et je m'ennuie tant tout seul !

LÉON

Et pourquoi veux-tu avoir Marguerite pour toi tout seul ? Nous voulons aussi l'avoir ; quand nous pêcherons, elle viendra avec nous.

JACQUES

Vous êtes déjà cinq ! Laissez-moi ma chère Marguerite pour m'aider à arranger mes papillons...

MARGUERITE

Écoute, Jacques. Je t'aiderai pendant une heure ; ensuite nous irons pêcher avec Léon. »

Jacques grogna un peu. Léon et Jean se moquèrent de lui. Camille, Madeleine et Marguerite l'embrassèrent et lui firent comprendre qu'il ne fallait pas être égoïste, qu'il fallait être bon camarade et sacrifier quelquefois son plaisir à celui des autres. Jacques avoua qu'il avait tort, et il promit de faire tout ce que voudrait sa petite amie Marguerite.

Le goûter était fini ; les enfants demandèrent la permission d'aller se promener et ils partirent en courant à qui arriverait le plus vite au jardin de Camille et Madeleine. Ils le trouvèrent plein de fleurs, très bien bêché et bien cultivé.

JEAN

Il vous manque une petite cabane pour mettre vos outils, et une autre pour vous mettre à l'abri de la pluie, du soleil et du vent.

CAMILLE

C'est vrai, mais nous n'avons jamais pu réussir à en faire une ; nous ne sommes pas assez fortes.

LÉON

Eh bien, pendant que nous sommes ici, Jean et moi nous bâtirons une maison.

JACQUES

Et moi aussi, j'en bâtirai une pour Marguerite et pour moi.

LÉON, *riant.*

Ha ! ha ! ha ! Voilà un fameux ouvrier ! Est-ce que tu sauras seulement comment t'y prendre ?

JACQUES

Oui, je le saurai, et je la ferai.

MADELEINE

Nous t'aiderons, mon petit Jacques, et je suis bien sûre que Léon et Jean t'aideront aussi.

JACQUES

Je veux bien que tu m'aides, toi, Madeleine, et Camille aussi, et Sophie aussi ; mais je ne veux pas de Léon, il est trop moqueur.

JEAN, *riant.*

Et moi, Jacques, Ta Grandeur voudra-t-elle bien accepter mon aide ?

Non, monsieur, je ne veux pas de toi non plus ; je veux te montrer que *Ma Grandeur* est bien assez puissante pour se passer de toi.

SOPHIE

Mais comment feras-tu, mon pauvre Jacques, pour atteindre au haut d'une maison assez grande pour nous tenir tous ?

JACQUES

Vous verrez, vous verrez ; laissez-moi faire : j'ai mon idée. »

Et il dit quelques mots à l'oreille de Marguerite, qui se mit à rire et lui répondit bas aussi :

« Très bien, très bien, ne leur dis rien jusqu'à ce que ce soit fini. »

Les enfants continuèrent leur promenade ; on mena les cousins au potager, où ils passèrent en revue tous les fruits, mais sans y toucher, puis à la ferme où ils visitèrent la vacherie, la bergerie, le poulailler, la laiterie ; ils étaient tous heureux ; ils riaient, ils couraient, grimpant sur des arbres, sautant des fossés, cueillant des fleurs pour en faire des bouquets qu'ils offraient à leurs cousines et à leurs amies. Jacques donnait les siens à Marguerite. Ceux de Jean étaient pour Madeleine et Sophie ; Léon réservait les siens à Camille. Ils ne rentrèrent que pour dîner. La promenade leur avait donné bon appétit ; ils mangèrent à effrayer leurs parents. Le dîner fut très gai. Aucun d'eux n'avait peur de ses parents : pères, mères, enfants riaient et causaient gaiement. Après dîner, on fit tous ensemble une promenade dans les champs, et l'on rapporta une quantité de bluets ; le reste de la soirée se passa à faire des couronnes pour les demoiselles ; Léon, Jean, Jacques aidaient ; ils coupaient les queues trop longues, préparaient le fil, cherchaient les plus beaux bluets. Enfin arriva l'heure du coucher des plus jeunes, Sophie, Marguerite et Jacques, puis des plus grands, et enfin l'heure du repos pour les parents. Le lendemain on devait commencer les cabanes, attraper des papillons, pêcher à la pièce d'eau, lire, travailler, se promener ; il y avait de l'occupation pour vingt-quatre heures au moins.

Chapitre 2

Les cabanes

Les enfants étaient en vacances, et tous avaient congé ; les papas et les mamans avaient déclaré que, pendant six semaines, chacun ferait ce qu'il voudrait du matin au soir, sauf deux heures réservées au travail.

Le lendemain de l'arrivée des cousins, on s'éveilla de grand matin. Marguerite sortit sa tête de dessous sa couverture et appela Sophie qui dormait profondément ; Sophie se réveilla en sursaut et se frottant les yeux.

SOPHIE

Quoi ? qu'est-ce ? Faut-il partir ? Attends, je viens. »

En disant ces mots, elle retomba endormie sur son oreiller.

Marguerite allait recommencer, lorsque la bonne, qui couchait près d'elle, lui dit :

LA BONNE

Taisez-vous donc, mademoiselle Marguerite ; laissez-nous dormir ; il n'est pas encore cinq heures ; c'est trop tôt pour se lever.

MARGUERITE

Dieu ! que la nuit est longue aujourd'hui ! quel ennui de dormir ! »

Et, tout en songeant aux cabanes et aux plaisirs de la journée, elle aussi se rendormit.

Camille et Madeleine, éveillées depuis longtemps, attendaient patiemment que la pendule sonnât sept heures et leur permît de se lever sans déranger leur bonne Élisa qui, n'ayant pas de cabane à construire, dormait paisiblement.

Léon et Jean s'étaient éveillés et levés à six heures ; ils finissaient leur toilette et leur prière lorsque leurs cousines se levaient.

Jacques avait eu, avant de se coucher, une conversation à voix basse avec son père et Marguerite ; on les voyait causer avec animation ; on les entendait rire ; de temps en temps, Jacques sautait, battait des mains et embrassait son papa et Marguerite ; mais ils ne voulurent dire à personne de quoi ils avaient parlé avec tant de chaleur et de gaieté.

Le lendemain, quand Léon et Jean allèrent éveiller Jacques, ils trouvèrent sa chambre vide.

Comment ! déjà sorti ! À quelle heure s'est-il donc levé ?

Écoute donc ; un premier jour de vacances on veut s'en donner des courses, des jeux, des promenades. Nous le retrouverons dans le jardin. En attendant mes cousines et nos amies, allons faire un tour à la ferme ; nous déjeunerons avec du bon lait tout chaud et du pain bis. »

Jean approuva vivement ce projet ; ils arrivèrent au moment où l'on finissait de traire les vaches. La fermière, la mère Diart, les reçut avec empressement. Après les premières phrases de bonjour et de bienvenue, Léon demanda du lait et du pain bis.

La mère Diart s'empressa de les servir.

« Allons, la grosse, cria-t-elle à une lourde servante qui apportait deux seaux pleins de lait, donne du lait tout chaud à ces messieurs. Passe-le... plus vite donc ! Est-elle pataude ! Faites excuse, messieurs, elle n'est pas prompte, voyez-vous... Pose tes seaux ; j'aurai plus tôt fait que toi... Cours chercher un pain dans la huche... Voilà, messieurs ; à votre service tout ce qu'il vous plaira de demander. »

Léon et Jean remercièrent la fermière et se mirent à manger avec délices ce bon lait tout chaud et ce pain de ménage, à peine sorti du four et tiède encore.

« Assez, assez, Jean, dit Léon. Si nous nous étouffons, nous ne serons plus bons à rien. N'oublie pas que nous avons nos cabanes à commencer. Nous aurons fini les nôtres avant que ce petit vantard de Jacques ait pu seulement commencer la sienne.

JEAN

Hé ! hé ! Je ne dis pas cela, moi. Jacques est fort ; il est très vif et intelligent ; il est résolu, et, quand il veut, il veut ferme.

LÉON

Laisse donc ! ne vas-tu pas croire qu'il saura faire une maison à lui tout seul, aidé seulement par Sophie et Marguerite ?

JEAN

Je n'en sais rien ; nous verrons.

LÉON

C'est tout vu d'avance, mon cher. Il fera chou blanc.

JEAN

Ou chou pommé. Tu verras, tu verras.

LÉON

Ce que tu dis là est d'une niaiserie pommée. Ha ! ha ! ha ! Un petit gamin de sept ans architecte maçon.

JEAN

C'est bon ! tu riras après ; en attendant, viens chercher nos cousines ; il va être huit heures. »

Ils coururent à la maison, allèrent frapper à la porte de leurs cousines, qui les attendaient et qui leur ouvrirent avec empressement. Ils se demandèrent réciproquement des nouvelles de leur nuit, et descendirent pour courir à leur jardin et commencer leur cabane. En approchant, ils furent surpris d'entendre frapper comme si on clouait des planches.

CAMILLE

Qu'est-ce qui peut cogner dans notre jardin ?

MADELEINE

C'est sans doute dans le bois.

CAMILLE

Mais non ; les coups semblent venir du jardin.

LÉON

Ah ! voici Marguerite ; elle nous dira ce que c'est. »

Au même instant, Marguerite cria très haut : « Léon, Jean, bonjour ; Sophie et Jacques sont avec moi.

— Ne crie donc pas si fort, dit Jean en souriant, nous ne sommes pas sourds. »

Marguerite courut à eux, les arrêta pour les embrasser tous, puis ils prirent le chemin qui menait au jardin, en tournant un peu court dans le bois.

Quelle ne fut pas leur surprise en voyant Jacques, le pauvre petit Jacques, armé d'un lourd maillet et clouant des planches aux piquets qui formaient les

21

quatre coins de sa cabane. Sophie l'aidait en soutenant les planches.

Jacques avait très bien choisi l'emplacement de sa maisonnette ; il l'avait adossée à des noisetiers qui formaient un buisson très épais et qui l'abritaient d'un soleil trop ardent. Mais ce qui causa aux cousins et aux cousines une vive surprise, ce fut la promptitude du travail de Jacques et la force et l'adresse avec lesquelles il avait placé et enfoncé les gros piquets qui devaient recevoir les planches avec lesquelles il formait les murs. La porte et une fenêtre étaient déjà indiquées par des piquets pareils à ceux qui faisaient les coins de la maison.

Ils s'étaient arrêtés tous quatre ; leur étonnement se peignait si bien sur leurs figures que Jacques, Marguerite et Sophie ne purent s'empêcher de sourire, puis d'éclater de rire. Jacques jeta son maillet à terre pour rire plus à son aise.

Enfin Léon s'avança vers lui.

LÉON, *avec humeur.*

Pourquoi et de quoi ris-tu ?

JACQUES

Je ris de vous tous et de vos airs étonnés.

JEAN

Mais, mon petit Jacques, comment as-tu pu faire tout cela, et comment as-tu eu la force de porter ces lourds piquets et ces lourdes planches ?

 22

JACQUES, *avec malice.*

Marguerite et Sophie m'ont aidé. »

Léon et Jean hochèrent la tête d'un air incrédule ; ils tournèrent autour de la cabane, regardèrent partout d'un air méfiant, pendant que Camille et Madeleine s'extasiaient devant l'habileté de Jacques et admiraient la promptitude avec laquelle il avait travaillé.

CAMILLE

À quelle heure t'es-tu donc levé, mon petit Jacques ?

JACQUES

À cinq heures, et à six j'étais ici avec mes piquets, mes planches et tous mes outils. Tenez, mes amis, prenez les outils maintenant, chacun son tour.

LÉON

Non, Jacques, continue, nous voudrions te voir travailler, pour prendre des leçons de ton grand génie. »

Jacques jeta à Marguerite et à Sophie un coup d'œil d'intelligence et répondit en riant :

JACQUES

Mais nous travaillons depuis longtemps, et nous sommes fatigués. Nous allons à présent courir après les papillons.

LÉON, *avec ironie.*

Pour vous reposer sans doute ?

23

Précisément, pour nous reposer les mains et l'esprit. »

Et ils partirent en riant et en sautant.

Léon les regarda s'éloigner et dit :

« Ils ne ressemblent guère à des gens fatigués. »

Au même instant Camille et Madeleine se rapprochèrent avec inquiétude de Léon et de Jean.

CAMILLE

J'ai entendu les branches craquer dans le buisson.

MADELEINE

Et moi aussi ; entendez-vous ? On s'éloigne avec précaution. »

Pendant que Léon reculait en s'éloignant prudemment du buisson et du bois, Jean saisissait le maillet de Jacques et s'élançait devant ses cousines pour les protéger.

Ils écoutèrent quelques instants et n'entendirent plus rien. Léon dit d'un air mécontent :

LÉON

Vous vous êtes trompées ; il n'y a rien du tout. Laisse donc ce maillet, Jean ; tu prends un air matamore en pure perte ; il n'y a aucun ennemi pour se mesurer avec toi.

MADELEINE

Merci, Jean ; s'il y avait eu du danger, tu nous aurais défendues bravement.

Léon, pourquoi plaisantes-tu du courage de Jean ? Il pouvait y avoir du danger, car je suis sûre d'avoir entendu marcher avec précaution dans le fourré, comme si on voulait se cacher.

LÉON, *d'un air moqueur.*

Je préfère la prudence du serpent au courage du lion.

JEAN

Il est certain que c'est plus sûr. »

Camille, qui pressentait une dispute, changea la conversation en parlant de leur cabane. Elle demanda qu'on choisît l'emplacement ; après bien des incertitudes, ils décidèrent qu'on la bâtirait en face de celle de Jacques. Ensuite ils allèrent chercher les pièces de bois et les planches nécessaires pour la construction. Ils firent leur choix dans un grand hangar où il y avait du bois de toute espèce. Ils chargèrent leurs planches et leurs piquets sur une petite charrette à leur usage ; Léon et Jean s'attelèrent au brancard, Camille et Madeleine poussaient derrière, et ils partirent au trot, passant en triomphe devant Jacques, Marguerite et Sophie qui couraient dans le pré après les papillons ; ceux-ci allèrent se ranger en ligne au coin du bois et leur présentèrent les armes avec leurs filets à papillons, tout en riant d'un air malicieux. Jean, Camille et Madeleine rirent aussi d'un air joyeux ; Léon devint rouge et voulut s'arrêter ; mais

25

Jean tirait, Camille et Madeleine poussaient, et Léon dut marcher avec eux.

Bientôt après, la cloche du déjeuner se fit entendre ; les enfants laissèrent leur ouvrage et montèrent pour se laver les mains et donner un coup de peigne à leurs cheveux, un coup de brosse à leurs habits.

On se mit à table : M. de Traypi demanda des nouvelles des cabanes.

« Marchent-elles bien, vos constructions ? Êtes-vous bien avancés, vous autres grands garçons ? Quant à mon pauvre Jacquot, je présume qu'il en est encore au premier piquet. Hé, Léon ?

LÉON, d'un air de dépit.

Mais non, mon oncle ; nous ne sommes pas très avancés ; nous commençons seulement à placer les quatre piquets des coins.

M. DE TRAYPI

Et Jacques, hé ? Où en est-il ?

LÉON, de même.

Je ne sais pas comment il a fait, mais il a déjà commencé comme nous.

MARGUERITE

Dis donc aussi qu'il est bien plus avancé que vous autres, grands et forts, puisqu'il cloue déjà les planches des murs.

26

Ha ! ha ! Jacques n'est donc pas si mauvais ouvrier que tu le craignais hier, Léon ? »

Léon ne répondit rien et rougit. Tout le monde se mit à rire ; Jacques, qui était à côté de son père, lui prit la main et la baisa furtivement. On parla d'autre chose ; de bons gâteaux avec du chocolat mousseux mirent la joie dans tous les cœurs et dans tous les estomacs. Après le déjeuner, les enfants voulurent mener leurs parents dans leur jardin pour voir l'emplacement et le commencement des maisonnettes, mais les parents déclarèrent tous qu'ils ne les verraient que terminées ; ils firent alors ensemble une petite promenade dans le bois, pendant laquelle Léon arrangea une partie de pêche.

LÉON

Jean et moi, nous allons préparer les lignes et les hameçons ; en attendant, allez, je vous prie, mes chères cousines, demander des vers au jardinier ; vous les ferez mettre dans un petit pot pour qu'ils ne s'échappent pas. »

Camille et Madeleine coururent au jardin, où leurs cousins ne tardèrent pas à les rejoindre ; en quelques minutes le jardinier leur remplit un petit pot avec des vers superbes, et ils allèrent à la pièce d'eau où ils trouvèrent Jacques, Marguerite et Sophie qui avaient préparé un seau pour mettre les poissons et du pain pour les attirer.

La pêche fut bonne ; vingt et un poissons passèrent de la pièce d'eau dans le seau qui était leur prison de passage ; ils ne devaient en sortir que pour périr par le fer et par le feu de la cuisine. Personne ne s'aperçut que lorsque la pêche fut bien en train, Jacques s'était esquivé furtivement. Madeleine fut la première qui remarqua son absence, mais elle ajouta :

« Il est probablement rentré pour arranger ses papillons.

— Les papillons qu'il n'a pas pris », dit Marguerite en riant, à l'oreille de Sophie.

Sophie lui répondit par un signe d'intelligence et un sourire.

« Qu'est-ce qu'il y a donc ? dit Léon d'un air soupçonneux. Je ne sais pas ce qu'elles complotent, mais elles ont depuis ce matin, ainsi que Jacques, un air riant, mystérieux, narquois, qui n'annonce rien de bon.

MARGUERITE. *riant.*

Pour vous ou pour nous ?

LÉON

Pour tous ; car, si vous nous jouez des tours à Jean et à moi, nous vous en jouerons aussi.

JEAN

Oh ! ne me craignez pas, mes chères amies ; jouez-moi tous les tours que vous voudrez, je ne vous les rendrai jamais.

MARGUERITE

Que tu es bon, toi, Jean ! dit Marguerite en allant à lui et lui serrant les mains. Ne crains rien, nous ne te jouerons jamais de méchants tours.

SOPHIE

Et nous sommes bien sûres que vous nous permettrez des tours innocents.

JEAN, *riant.*

Ah ! Il y en a donc en train ? Je m'en doutais. Je vous préviens que je ferai mon possible pour les déjouer.

MARGUERITE

Impossible, impossible ; tu ne pourras jamais.

JEAN

C'est ce que nous verrons.

LÉON

Voilà près de deux heures que nous pêchons, nous avons plus de vingt poissons ; je pense que c'est assez pour aujourd'hui. Qu'en dites-vous, mes cousines ?

CAMILLE

Léon a raison ; retournons à nos cabanes, qui ne sont pas trop avancées ; tâchons de rattraper Jacques, qui est le plus petit et qui a bien plus travaillé que nous.

JEAN

C'est précisément ce que je ne peux comprendre, Sophie, toi qui travailles avec lui, dis-nous donc comment il se fait que vous ayez fait l'ouvrage de deux hommes, tandis que nous avons à peine enfoncé les piquets de notre maison.

SOPHIE, *embarrassée.*

Mais... je ne sais pas... je ne peux pas savoir.

MARGUERITE, *vivement.*

C'est tout bonnement parce que nous sommes très bons ouvriers, très actifs, que nous ne perdons pas une minute, que nous travaillons comme des nègres.

MADELEINE

Savez-vous, mes amis, ce que nous faisons, nous autres ? Nous ne faisons rien et nous perdons notre temps. Je suis sûre que Jacques est à l'ouvrage pendant que nous nous demandons comment il fait pour le tant avancer.

— Allons voir, allons voir, s'écrièrent tous les enfants, à l'exception de Marguerite et de Sophie.

— Il faut d'abord ranger nos lignes et nos hameçons, dit Sophie en les retenant.

— Et porter nos poissons à la cuisine, dit Marguerite.

Et puis les cuire nous-mêmes, pour donner à Jacques le temps de finir.

Attendez, je vais voir où il en est. »

Et il voulut partir en courant, mais Sophie et Marguerite se jetèrent sur lui pour l'arrêter. Jean se débattait doucement tout en riant ; Camille et Madeleine accoururent pour lui venir en aide. Marguerite se jeta à terre et saisit une des jambes de Jean.

« Arrête-le, arrête-le ; prends-lui l'autre jambe », cria-t-elle à Sophie. Mais Camille et Madeleine se précipitèrent sur Sophie, qui riait si fort qu'elle n'eut pas la force de les repousser. Marguerite, tout en riant aussi, s'était accrochée aux pieds de Jean, qui, lui aussi, riait tellement qu'il tomba le nez sur l'herbe. Sa chute ne fit qu'augmenter la gaieté générale ; Jean riait aux éclats, étendu tout de son long sur l'herbe ; Marguerite, tombée de son côté, riait le nez sur la semelle de Jean. Leur ridicule attitude faisait rire aux larmes Sophie, maintenue par Camille et Madeleine, qui se roulaient à force de rire. L'air grave de Léon redoubla leur gaieté. Il se tenait debout auprès des poissons et demandait de temps en temps d'un air mécontent :

« Aurez-vous bientôt fini ? En avez-vous encore pour longtemps ? »

Plus Léon prenait un air digne et fâché, plus les autres riaient. Leur gaieté se ralentit enfin ; ils eurent la force de se relever et de suivre Léon, qui marchait gravement, accompagné d'éclats de rire et de gaies plaisanteries. Ils approchèrent ainsi du petit bois où se construisaient les cabanes, et ils entendirent distinctement des coups de marteau si forts et si répétés qu'ils jugèrent impossible qu'ils fussent donnés par le petit Jacques.

« Pour le coup, dit Jean en s'échappant et en entrant dans le fourré, je saurai ce qu'il en est ! »

Sophie et Marguerite s'élancèrent par le chemin qui tournait dans le bois en criant : « Jacques ! Jacques ! garde à toi ! » Léon courut de son côté et arriva le premier à l'emplacement des maisonnettes ; il n'y avait personne, mais par terre étaient deux forts maillets, des clous, des chevilles, des planches, etc.

« Personne, dit Léon ; c'est trop fort ; il faut les poursuivre. À moi, Jean, à moi ! »

Et il se précipita à son tour dans le fourré. Au bout de quelques instants on entendit des cris partir du bois : « Le voilà ! le voilà ! il est pris ! — Non, il s'échappe ! — Attrape-le ! à droite ! à gauche ! »

Sophie, Marguerite, Camille, Madeleine écoutaient avec anxiété, tout en riant encore. Elles virent Jean sortir du bois, échevelé, les habits en désordre. Au même instant, Léon en sortit dans le même état, demandant à Jean avec empressement :

« L'as-tu vu ? Où est-il ? Comment l'as-tu laissé aller ?

— Je l'ai entendu courir dans le bois, répondit Jean, mais, de même que toi, je n'ai pu le saisir ni même l'apercevoir. »

Pendant qu'il parlait, Jacques, rouge, essoufflé,

sortit aussi du bois et leur demanda d'un air malin ce qu'il y avait, pourquoi ils avaient crié et qui ils avaient poursuivi dans le bois.

LÉON, *avec humeur.*

Fais donc l'innocent, rusé que tu es. Tu sais mieux que nous qui nous avons poursuivi et par quel côté il s'est échappé.

JEAN

J'ai bien manqué le prendre tout de même ; sans Jacques qui est venu me couper le chemin dans un fourré, je l'aurais empoigné.

LÉON

Et tu lui aurais donné une bonne leçon, j'espère bien.

JEAN

Je l'aurais regardé, reconnu, et je vous l'aurais amené pour le faire travailler à notre cabane. Allons, mon petit Jacques, dis-nous qui t'a aidé à bâtir si vite et si bien ta cabane. Nous ferons semblant de ne pas le savoir, je te le promets.

JACQUES

Pourquoi feriez-vous semblant ?

JEAN

Pour qu'on ne te reproche pas d'être indiscret.

33

JACQUES

Ha ! ha ! vous croyez donc que quelqu'un a eu la bonté de m'aider, que ce quelqu'un serait fâché que je vous dise son nom, et tu veux, toi Jean, que je sois lâche et ingrat, en faisant de la peine à celui qui a bien voulu se fatiguer à m'aider ?

LÉON

Ta, ta, ta, voyez donc ce beau parleur de sept ans ! Nous allons bien te forcer à parler, tu vas voir.

JEAN

Non, Léon, Jacques a raison ; je voulais lui faire commettre une mauvaise action, ou tout au moins une indiscrétion.

LÉON

C'est pourtant ennuyeux d'être joué par un gamin.

SOPHIE

N'oublie pas, Léon, que tu l'as défié, que tu t'es moqué de lui et qu'il avait le droit de te prouver...

LÉON

De me prouver quoi ?

SOPHIE

De te prouver... que..., que...

MARGUERITE, *avec vivacité.*

Qu'il a plus d'esprit que toi et qu'il pouvait te jouer un tour innocent, sans que tu aies le droit de t'en fâcher.

LÉON, *piqué.*

Aussi je ne m'en fâche pas, mesdemoiselles ; soyez assurées que je saurai respecter l'esprit et la sagesse de votre protégé.

MARGUERITE, *vivement.*

Un protégé qui deviendra bientôt un protecteur.

JACQUES, *à Marguerite avec vivacité.*

Et qui ne se mettra pas derrière toi quand il y aura un danger à courir.

LÉON, *avec colère.*

De quoi et de qui veux-tu parler, polisson ?

JACQUES, *vivement.*

D'un poltron et d'un égoïste. »

Camille, craignant que la dispute ne devînt sérieuse, prit la main de Léon et lui dit affectueusement :

« Léon, nous perdons notre temps ; et toi, qui es le plus sage et le plus intelligent de nous tous, dirige-nous pour notre pauvre cabane si en retard, et distribue à chacun de nous l'ouvrage qu'il doit faire.

— Je me mets sous tes ordres », s'écria Jacques, qui regrettait sa vivacité.

Léon, que la petite flatterie de Camille avait désarmé, se sentit tout à fait radouci par la déférence de Jacques, et, oubliant la parole trop vive que celui-ci venait de prononcer, il courut aux outils, donna à chacun sa tâche, et tous se mirent à l'ouvrage avec ardeur. Pendant deux heures ils travaillèrent avec une activité digne d'un meilleur sort ; mais leurs pièces de bois ne tenaient pas bien, les planches se détachaient, les clous se tordaient. Ils recommençaient avec patience et courage le travail mal fait, mais ils avançaient peu. Le petit Jacques semblait vouloir racheter ses paroles par un zèle actif au-dessus de son âge. Il donna plusieurs excellents conseils qui furent suivis avec succès. Enfin, fatigués et suants, ils laissèrent leur maison jusqu'au lendemain, après avoir jeté un regard d'envie sur celle de Jacques déjà presque achevée. Jacques, qui avait semblé mal à l'aise depuis la querelle, les quitta pour rentrer, disait-il, et il alla droit chez son père qui le reçut en riant.

M. DE TRAYPI

Eh bien, mon Jacquot, nous avons été serrés de près ! J'ai bien manqué être pris ! Si tu ne t'étais pas jeté entre le fourré où j'étais et Jean, il m'aurait attrapé tout de même. C'est égal, nous avons bien avancé la besogne ; j'ai demandé à Martin de tout finir pendant notre dîner, et demain ils seront bien surpris de voir que ton ouvrage s'est fait en dormant.

— Oh ! non, papa, je vous en prie, dit Jacques en jetant ses petits bras autour du cou de son père.

Laissez ma maison et faites finir celle de mes pauvres cousins.

— Comment ! dit le père avec surprise, toi qui tenais tant à attraper Léon (et il l'a mérité, il faut l'avouer), tu veux que je laisse ton ouvrage pour faire le sien !

JACQUES

Oui, mon cher papa, parce que j'ai été méchant pour lui, et cela me fait de la peine de le taquiner, depuis qu'il a été bon pour moi : car il pouvait et devait me battre pour ce que je lui ai dit, et il ne m'a même pas grondé. »

Et Jacques raconta à son papa la scène qui avait eu lieu au jardin.

M. DE TRAYPI

Et pourquoi l'as-tu accusé d'égoïsme et de poltronnerie, Jacques ? Sais-tu que c'est un terrible reproche ? Et en quoi l'a-t-il mérité ?

JACQUES

Vous savez, papa, que le matin, lorsque nous nous sommes sauvés et cachés dans le bois, Camille et Madeleine, nous entendant remuer, ont cru que c'étaient des loups ou des voleurs. Jean s'est jeté devant elles, et Léon s'est mis derrière, et je voyais à travers les feuilles, à son air effrayé, que, si nous bougions encore, il se sauverait, au lieu d'aider Jean à les secourir. C'est cela que je voulais lui reprocher, papa, et c'était très méchant à moi, car c'était vrai.

M. DE TRAYPI, *l'embrassant en souriant.*

Tu es un bon garçon, mon petit Jacquot ; ne recommence pas une autre fois ; et moi je vais faire finir leur maison pour être de moitié dans ta pénitence. »

Jacques embrassa bien fort son papa et courut tout joyeux rejoindre ses cousins, cousines et amies, qui s'amusaient tranquillement sur l'herbe.

Le lendemain, quand les enfants, accompagnés cette fois de Sophie et de Marguerite, allèrent à leur jardin pour continuer leurs cabanes, quelle ne fut pas leur surprise de les voir toutes deux entièrement finies, et même ornées de portes et de fenêtres ! Ils s'arrêtèrent tout stupéfaits. Jacques, Sophie et Marguerite les regardaient en riant.

« Comment cela s'est-il fait ? dit enfin Léon. Par quel miracle notre maison se trouve-t-elle achevée ?

— Parce qu'il était temps de faire finir une plaisanterie qui aurait pu mal tourner, dit M. de Traypi sortant de dedans le bois. Jacques m'a raconté ce qui s'était passé hier, et m'a demandé de vous venir en aide comme je l'avais fait pour lui dès le commencement. D'ailleurs, ajouta-t-il en riant, j'ai eu peur d'une seconde poursuite comme celle d'hier. J'ai eu toutes les angoisses d'un coupable. Deux fois j'ai été à deux pieds de mes poursuivants. Toi, Jean, tu me prenais, sans la présence de Jacques, et toi, Léon, tu m'as effleuré en passant près d'un buisson où je m'étais blotti.

Comment ! c'est vous, mon oncle, qui nous avez fait si bien courir ? Vous pouvez vous vanter d'avoir de fameuses jambes, de vraies jambes de collégien.

M. DE TRAYPI, riant.

Ah ! c'est qu'au temps de ma jeunesse je passais pour le meilleur, le plus solide coureur de tout le collège. Il m'en reste quelque chose. »

Les enfants remercièrent leur oncle d'avoir fait terminer leurs maisons. Léon embrassa le petit Jacques, qui lui demanda tout bas pardon. « Tais-toi, lui répondit Léon, rougissant légèrement, ne parlons plus de cela. » C'est que Léon sentait que l'observation de Jacques avait été vraie. Et il se promit de ne plus la mériter à l'avenir.

Il s'agissait maintenant de meubler les maisons ; chacun des enfants demanda et obtint une foule de trésors, comme tabourets, vieilles chaises, tables de rebut, bouts de rideaux, porcelaines et cristaux ébréchés. Tout ce qu'ils pouvaient attraper était porté dans les maisons.

« Venez voir, criait Léon, le beau tapis que nous avons sous notre table.

— Et nous, au lieu de tapis, nous avons une toile cirée, répondait Sophie.

— Venez essayer notre banc : il est aussi commode que les fauteuils du salon, disait Jean.

— Venez voir notre armoire pleine de tasses, de verres et d'assiettes, disait Marguerite.

— Voyez notre coffre plein de provisions : il y a

des confitures, du sucre, des biscuits, des cerises, du chocolat, disait Camille.

— Et voyez comme nous avons été gens sages, nous autres, disait Jacques ; pendant que vous vous faites mal au cœur avec vos sucreries, nous nous fortifions l'estomac avec nos provisions solides : pain, fromage, jambon, beurre, œufs, vin.

— Ah ! tant mieux, s'écriait Madeleine ; lorsque nous vous inviterons à déjeuner ou à goûter, vous apporterez le salé et nous le sucré. »

Chaque jour ajoutait quelque chose à l'agrément des cabanes ; M. de Rugès et M. de Traypi s'amusaient à les embellir au-dedans et au-dehors. À la fin des vacances elles étaient devenues de charmantes maisonnettes ; l'intervalle des planches avait été bouché avec de la mousse au-dedans comme au-dehors ; les fenêtres étaient garnies de rideaux ; les planches qui formaient le toit avaient été recouvertes de mousse, rattachée par des bouts de ficelle pour que le vent ne l'emportât pas. Le terrain avait été recouvert de sable fin ; petit à petit on y avait transporté les cahiers, les livres, et bien des fois les enfants y prenaient leurs leçons. Leur sagesse était alors exemplaire. Chacun travaillait à son devoir, se gardant bien de troubler son voisin. Quand il fallut se quitter, les cabanes entrèrent pour beaucoup dans les regrets de la séparation. Mais les vacances devaient durer près de deux mois : on n'était encore qu'au troisième jour et on avait le temps de s'amuser.

Chapitre 3

Visite au moulin

« Je propose une grande promenade au moulin, par les bois, dit M. de Rugès. Nous irons voir la nouvelle mécanique établie par ma sœur de Fleurville, et, pendant que nous examinerons les machines, vous autres enfants vous jouerez sur l'herbe, où on vous préparera un bon goûter de campagne : pain bis, crème fraîche, lait caillé, fromage, beurre et galette de ménage. Que ceux qui m'aiment me suivent ! »

Tous l'entourèrent au même instant.

« Il paraît que tout le monde m'aime, reprit M. de Rugès en riant. Allons, marchons en avant !

— Hé, hé, pas si vite, les petits ! Nous autres gens sages et essoufflés, nous serions trop humiliés de rester si loin en arrière. »

Les enfants, qui étaient partis au galop, revinrent sur leurs pas et se groupèrent autour de leurs parents.

La promenade fut charmante, la fraîcheur du bois

tempérait la chaleur du soleil ; de temps en temps on s'asseyait, on causait, on cueillait des fleurs, on trouvait quelques fraises.

« Nous voici près du fameux chêne où j'ai laissé ma poupée, dit Marguerite ; je n'oublierai jamais le chagrin que j'ai éprouvé lorsque, en me couchant, je me suis aperçue que ma poupée, ma jolie poupée, ma fille, était restée dans le bois pendant l'orage[1].

— Quelle poupée ? dit Jean ; je ne connais pas cette histoire-là.

— Il y a longtemps de cela, dit Marguerite. La méchante Jeannette me l'avait volée.

JEAN

Jeannette la meunière ?

MARGUERITE

Oui, précisément, et sa maman l'a bien fouettée, je t'assure ; nous l'entendions crier à plus de deux cents pas.

JACQUES

Oh ! raconte-nous cela, Marguerite. Voilà maman, papa, ma tante et mes oncles assis pour quelque temps ; nous avons le temps d'entendre ton histoire. »

Marguerite s'assit sur l'herbe, sous ce même chêne où sa poupée était restée oubliée par elle ; elle leur raconta toute l'histoire et comment la poupée avait été retrouvée chez Jeannette, qui l'avait volée.

« Cette Jeannette est une bien méchante fille, dit

_____

1. Voyez *Les petites filles modèles*, ouvrage du même auteur.

Jacques, qui avait écouté avec une indignation crois-
sante, les narines gonflées, les yeux étincelants, les
lèvres serrées. Je suis enchanté que sa maman l'ait
si bien corrigée. Est-elle devenue bonne depuis ?

SOPHIE

Bonne ! Ah oui ! C'est la plus méchante fille de
l'école.

MARGUERITE

Maman dit que c'est une voleuse.

CAMILLE

Marguerite ! Marguerite ! Ce n'est pas bien, ce
que tu dis là. Tu fais tort à une pauvre fille qui est
peut-être honteuse et repentante de ses fautes passées.

MARGUERITE

Ni honteuse ni repentante, je t'en réponds.

CAMILLE

Comment le sais-tu ?

MARGUERITE

Parce que je le vois bien à son air impertinent, à
son nez en l'air quand elle passe devant nous, parce
qu'à l'église elle se tient très mal, elle se couche sur
son banc, elle bâille, elle cause, elle rit ; et puis elle
a un air faux et méchant.

MADELEINE

Cela, c'est vrai ; je l'ai même dit à sa mère.

LÉON

Et que lui a dit la mère Léonard ?

MADELEINE

Rien, je pense, puisqu'elle a continué comme avant.

SOPHIE

Et tu ne dis pas que sa mère t'a répondu : "Qu'est-ce que ça vous regarde, mam'selle ? Je ne me mêlons pas de vos affaires : ne vous occupez pas des nôtres."

JEAN

Comment ! elle a osé te répondre si grossière-ment ? Si j'avais été là, je l'aurais joliment rabrouée et sa Jeannette aussi.

MADELEINE, *souriant.*

Heureusement que tu n'étais pas là. La mère Léo-nard se serait prise de querelle avec toi et t'aurait dit quelque grosse injure.

JEAN

Injure ! Ah bien ! je lui aurais donné une volée de coups de poing et de coups de pied ; je suis fort sur la savate, va ! Je l'aurais mise en marmelade en moins de deux minutes.

44

Vantard, va ! C'est elle qui t'aurait rossé.

JEAN

Rossé ! moi ! Veux-tu que je te fasse voir si je sais donner une volée en moins de rien ! »

Et Jean se lève, ôte sa veste et se met en position de bataille. Jacques lui offre de lui servir de second.

Tous les enfants se mettent à rire. Jean se sent un peu ridicule, remet son habit et rit de lui-même avec les autres. Léon persifle Jacques, qui riposte en riant ; Marguerite le soutient ; Léon commence à devenir rouge et à se fâcher. Camille, Madeleine, Sophie et Jean se regardent du coin de l'œil et cherchent par leurs plaisanteries à arrêter la querelle commençante ; leurs efforts ne réussissent pas ; Jacques et Marguerite taquinent Léon, malgré les signes que leur font Camille et Madeleine. Léon se lève et veut chasser Jacques, qui, plus leste que lui, court, tourne autour des arbres, lui échappe toujours et revient toujours à sa place. Léon s'essuie le front, il est en nage et tout à fait en colère.

« Viens donc m'aider, dit-il à Jean. Tu es là comme un grand paresseux, à me regarder courir sans venir à mon aide.

— À ton aide, pour quoi faire ? dit Jean.

LÉON

Pour attraper ce mauvais gamin, pardine !

JEAN, *froidement.*

Et après ?

LÉON

Après..., après..., pour m'aider à lui donner une leçon.

JEAN, *de même.*

Une leçon de quoi ?

LÉON

De respect, de politesse pour moi qui ai presque le double de son âge.

JEAN

De respect ! Ha ! ha ! ha ! Quel homme respectable tu fais en vérité !

MARGUERITE

Ne faudrait-il pas que nous nous prosternions devant toi ?

JEAN

Dans tous les cas, lors même que Jacques t'aurait offensé, je serais honteux de me mettre avec toi contre lui, pauvre petit qui a, comme tu le dis très bien, la moitié de ton âge. Ce serait un peu lâche, dis donc, Léon ! Comme trois ou quatre contre un !

Tu es ennuyeux, toi, avec tes grands sentiments, ta sotte générosité.

Tu appelles grands sentiments et générosité que deux grands garçons de treize ans et de onze ans ne se réunissent pas pour battre un pauvre enfant de sept ans qui ne leur a rien fait ?

Ce n'est rien, de me taquiner comme il le fait depuis un quart d'heure ?

Ah bah ! Tu l'as taquiné aussi. Défends-toi tout seul. Tant pis pour toi, s'il est plus fort que toi à la course et au coup de langue. »

Jacques avait écouté sans mot dire. Sa figure intelligente et vive laissait voir tout ce qui se passait en son cœur de reconnaissance et d'affection pour Jean, de regret d'avoir blessé Léon. Il se rapprocha petit à petit, et au dernier mot de Jean il fit un bond vers Léon et lui dit :

« Pardonne-moi, Léon, de t'avoir fâché ; j'ai eu tort, je le sens ; et j'ai entraîné Marguerite à mal faire, comme moi ; elle en est bien fâchée, comme moi aussi ; n'est-ce pas, Marguerite ?

Certainement, Jacques, j'en suis bien fâchée ; et Léon voudra bien nous excuser en pensant que, toi et moi étant les plus petits, nous nous sentons les plus faibles, et qu'à défaut de nos bras nous cherchons à nous venger par notre langue des taquineries des plus forts. »

Léon ne dit rien, mais il donna la main à Marguerite, puis à Jacques. Les papas et les mamans, qui étaient assis et causaient plus loin, se levèrent pour continuer la promenade. Les enfants les suivirent ; Jacques s'approcha de Jean, lui serra le bras et lui dit avec tendresse :

« Jean, je t'aime, et je t'aimerai toujours.

MARGUERITE

Et moi aussi, Jean, je t'aime, et je te remercie d'avoir défendu mon cher Jacques contre Léon. »

Et elle ajouta tout bas à l'oreille de Jean : « Je n'aime pas Léon. »

Jean sourit, l'embrassa et lui répondit tout bas : « Tu as tort ; il est bon, je t'assure.

MARGUERITE

Il fait toujours comme s'il était méchant.

JEAN

C'est qu'il est vif, il ne faut pas le fâcher.

MARGUERITE

Il se fâche toujours.

Avoue que, toi et Jacques, vous vous amusez à le taquiner. »

Jacques et Marguerite se regardèrent, sourirent, et avouèrent que Léon les agaçait avec son air moqueur, et qu'ils aimaient à le contrarier.

« Eh bien, dit Jean, essayez de ne pas le contrarier, et vous verrez qu'il ne se fâchera pas et qu'il ne sera pas méchant. »

Tout en causant, on approchait du moulin ; les enfants virent avec surprise une foule de monde assemblée autour ; une grande agitation régnait dans cette foule ; on allait et venait, on se formait en groupes, on courait d'un côté, on revenait avec précipitation de l'autre. Il était clair que quelque chose d'extraordinaire se passait au moulin.

« Serait-il arrivé un malheur pour causer cette agitation ? dit Mme de Rosbourg.

— Approchons, nous saurons bientôt ce qui en est », répondit Mme de Fleurville.

Les enfants regardaient d'un œil curieux et inquiet. En approchant, on entendit des cris, mais ce n'étaient pas des cris de douleur, c'étaient des explosions de colère, des imprécations, des reproches. Bientôt on put distinguer des uniformes de gendarmes ; une femme, un homme et une petite fille se débattaient contre deux de ces braves militaires qui cherchaient à les maintenir. La petite fille et sa mère poussaient des cris aigus et lamentables ; le père jurait, injuriait tout le monde. Les gendarmes, tout en y mettant la plus grande patience, ne les laissaient pas échapper.

Bientôt les enfants purent reconnaître le père Léonard, sa femme et Jeannette.

« Voyons, ma bonne femme, laissez-vous faire, ne nous obligez pas à vous garrotter ! disait un gendarme. N'y a pas à dire. Nous avons ordre de vous emmener : il faudra bien que vous veniez. Le devoir avant tout.

MÈRE LÉONARD

Plus souvent que je viendrai, gueux de gendarmes, tueurs du pauvre monde ! Pas si bête que de marcher vers la prison, où vous me laisserez pourrir jusqu'au Jugement dernier.

LE GENDARME

Allons, mère Léonard, soyez raisonnable ; donnez bon exemple à votre fille.

MÈRE LÉONARD

Je m'en moque bien, de ma fille. C'est elle, la sotte, l'imbécile, qui nous a fait prendre. Faites-en ce que vous voudrez, je n'en ai aucun souci.

— Vas-tu me laisser, grand fainéant ? criait le père Léonard à un second gendarme qui le tenait au collet. Attends que je t'aplatisse d'un croc-en-jambe, coquin, filou, bête brute ! »

Les gendarmes ne répondaient pas à ces invectives et à bien d'autres injures que nous passons sous silence. Voyant que leurs efforts pour faire marcher les prisonniers étaient vains, ils firent signe à un troisième gendarme. Celui-ci tira de sa poche un paquet de petites courroies. Malgré les cris perçants de Jeannette et de sa mère et les imprécations du père, les gendarmes leur lièrent les mains, les pieds, et les assirent ainsi garrottés sur un banc, pendant que l'un d'eux allait chercher une charrette pour les transporter à la prison de la ville.

Mme de Fleurville et ses compagnes étaient restées un peu à l'écart avec les enfants. MM. de Rugès et de Traypi s'étaient approchés des gendarmes pour savoir la cause de cette arrestation. Léon et Jean les avaient suivis.

« Pourquoi arrêtez-vous la famille Léonard, gendarmes ? demanda M. de Rugès. Qu'ont-ils fait ?

— C'est pour vol, monsieur, répondit poliment le gendarme en touchant son chapeau ; il y a longtemps qu'on porte plainte contre eux, mais ils sont habiles ; nous ne pouvions pas les prendre. Enfin, l'autre jour, au marché, la petite s'est trahie et nous a mis sur la voie.

M. DE RUGÈS

Comment cela ?

LE GENDARME

Il paraîtrait qu'ils ont volé une pièce de toile qui était à blanchir sur l'herbe. Ils l'ont cachée dans leur huche à pain, sous de la farine : mais, dans la nuit, la petite s'est dit : « Puisque mon père et ma mère ont volé la toile de la femme Martin, je puis bien aussi leur en voler un morceau ; ça fait que j'aurai de quoi acheter des gâteaux et des sucres d'orge. » La voilà qui se lève et qui en coupe un bon bout.

C'était la veille du marché. Le lendemain, la petite se dit : « Ce n'est pas tout d'avoir la toile, faut encore que je la vende. » Et la voilà qui, sans rien dire à père ni à mère, part pour le marché et offre sa toile à la fille Chartier. « Combien en as-tu ? lui dit la fille Chartier. — J'en ai bien six mètres, de quoi faire deux chemises, répond la petite Léonard. — Combien que tu la veux vendre ? — Ah ! pas cher, je vous la donnerai bien pour une pièce de cinq francs. — Tope là, je te la prends ; tiens, voici la pièce et donne-moi la toile. » Les voilà bien contentes toutes les deux, la petite Léonard d'avoir cinq francs, la fille Chartier d'avoir de quoi faire deux chemises et pas cher. Mais, quand elle la rapporte chez elle, qu'elle la montre à sa mère et qu'elle la déploie pour mesurer si le compte y est, ne voilà-t-il pas que la farine s'envole de tous côtés ; la chambre en était blanche ; la mère et la fille Chartier étaient tout comme des meunières. « Qu'est-ce que c'est que ça ? disent-elles. Cette toile a donc été blanchie à la farine ? Faut la secouer. Viens, Lucette, secouons-la dans la rue ; ce sera bien vite fait. » Les voilà qui secouent devant leur porte, quand passe la mère Martin. « Où allez-vous donc, que vous avez l'air si affairée ? lui demanda la mère Chartier. — Ah ! je vais porter plainte à la gendarmerie : on m'a volé ma belle pièce de toile cette nuit. Faut que je tâche de la rattraper. — Et moi je viens d'en acheter un bout qui n'est pas cher, dit la mère Chartier. — Tiens, dit l'autre en la regardant, mais c'est tout comme la mienne. Qu'est-ce que vous lui faites donc à votre toile ? — Je la secoue ; elle était si pleine de farine que nous en étions aveuglées, Lucette et moi. — Tiens, tiens ! de la toile enfarinée ! Mais où l'avez-vous eue donc ? — C'est la petite Léonard qui me l'a vendue comme ça. — La petite Léonard ? Où a-t-elle pu avoir de la toile aussi fine ?... Mais !... laissez-moi donc voir le bout ; cela ressemble terriblement à la mienne. » La mère Martin prend la toile, l'examine, arrive au bout et reconnaît une marque qu'elle avait faite à sa pièce. Les voilà toutes trois bien étonnées : la mère Chartier bien attrapée d'avoir donné sa pièce de cinq francs pour un bout de toile qui était volée ; elles arrivent toutes trois chez moi et me racontent ce qui vient d'arriver. « Toute votre toile y est-elle ? que je dis à la femme Martin. — Pour ça non ! répond-elle. Il y en avait près de cinquante mètres. — Alors il faut tâcher de ravoir les quarante-quatre mètres qui vous manquent, mère Martin. Laissez-moi faire ; je crois bien que je vous les retrouverai. Nous allons bien surveiller le marché ; si la femme ou le père Léonard y apportent votre toile, je les arrête ; s'ils n'y viennent pas ou qu'ils y viennent avec rien que leurs sacs de farine, j'irai demain avec mes camarades faire une reconnaissance au moulin. Puisque c'est la petite Léonard qui vous en a vendu un bout, c'est que l'autre bout est au moulin. — Mais si elle la vend à quelque voisin ? dit la mère Martin. — N'ayez pas peur, ma bonne femme, elle n'osera pas ; tout le monde chez vous sait que votre toile est volée. — Je crois bien qu'on le sait, dit la mère Martin, je l'ai dit à tout le village, et j'ai envoyé mon garçon et ma petite le dire partout dans les environs, de crainte qu'elle ne soit vendue par là. — Vous voyez bien qu'il n'y a pas de danger », que je lui réponds. Et je me mets en quête avec les camarades. Rien au marché, rien dans la ville. Alors nous sommes venus ce matin faire notre visite au moulin, avec un ordre d'arrêter, s'il y a lieu. Nous avons cherché partout ; nous ne trouvions rien. Les Léonard nous agonissaient d'injures. Enfin, je me rappelle la farine que secouaient les femmes Chartier, et l'idée me vient d'ouvrir la huche ; elle était pleine de farine ; je fouille dedans avec le fourreau de mon sabre. Les Léonard crient que je leur gâche leur farine ; je fouille tout de même, et voilà-t-il pas que j'accroche un bout de toile ; je tire, je tire ; il en venait toujours. C'était toute la pièce de la mère Martin. Les Léonard veulent s'échapper ; mais les camarades gardaient les portes et fenêtres. On les prend ; ils se débattent. J'arrête aussi la petite, qui crie qu'elle est innocente. Je raconte l'histoire de la toile enfarinée. La petite Léonard se trouble, pleure ; la mère s'élance sur elle et la frappe à la joue ; le père en fait autant sur le dos. Si les camarades et moi nous ne l'avions retirée d'entre leurs mains, ils l'auraient mise en pièces. Tout cela a duré un bout de temps, monsieur ; le monde s'est rassemblé ; il y en a plus que je n'en voudrais, car c'est toujours pénible de voir une jeune fille comme ça déshonorée, et des parents qui ont mené leur fille à mal.

— Vous êtes un brave et digne soldat, dit M. de Rugès en lui tendant la main. Le sentiment d'humanité que vous manifestez à l'égard de ces gens qui vous ont accablé d'injures est noble et généreux. »

Le gendarme prit la main de M. de Rugès et la serra avec émotion.

« Notre devoir est souvent pénible à accomplir, et peu de gens le comprennent ; c'est un bonheur pour nous de rencontrer des hommes justes comme vous, monsieur. »

Léon et Jean avaient écouté avec attention le récit du gendarme. Les dames et les enfants s'étaient aussi rapprochés et avaient pu l'entendre également, de sorte que Léon et Jean n'eurent rien à leur apprendre. Les Léonard avaient recommencé leurs injures et leurs cris ; ces dames pensèrent que, n'ayant rien à faire pour les Léonard, il était plus sage de s'éloigner, de crainte que les enfants ne fussent trop impressionnés de ce qu'ils entendaient. On avait été obligé d'éloigner Jeannette de ses parents, qui, tout garrottés qu'ils étaient, voulaient encore la maltraiter. Mmes de Fleurville et de Rosbourg, et le reste de la compagnie, se dirigèrent vers une partie de la forêt assez éloignée du moulin pour qu'on ne pût rien voir ni entendre de ce qui s'y passait. Les enfants étaient restés tristes et silencieux, sous l'impression pénible de la scène du moulin. M. de Rugès demanda à faire une halte et à étaler sur l'herbe les provisions que portait l'âne qui les suivait ; ce moyen de distraction réussit très bien. Les enfants ne se firent pas prier ; ils firent honneur au repas rustique ; crème, lait caillé, beurre, galette, fraises des bois, tout fut mangé. Ils causèrent beaucoup de Jeannette et de ses parents.

Comment Jeannette a-t-elle pu devenir assez mauvaise pour voler et vendre cette toile avec tant d'effronterie ?

MADAME DE FLEURVILLE

Parce que son père et sa mère lui donnaient l'exemple du vol et du mensonge. Bien des fois ils m'ont volé du bois, du foin, du blé, et ils se faisaient toujours aider par Jeannette. Tout naturellement, elle a voulu profiter de ces vols pour elle-même.

CAMILLE

Mais comment osait-elle aller à l'église et au catéchisme ? Comment ne craignait-elle pas que le bon Dieu ne la punît de sa méchanceté ?

MADAME DE FLEURVILLE

Elle se tenait très mal à l'église ; elle bâillait, elle détirait ses bras, elle se roulait sur son banc, ce qui prouve bien qu'elle n'y allait pas pour prier, mais pour faire comme tout le monde.

MADELEINE

Mais au catéchisme, elle devait apprendre que c'est très mal de voler.

MADAME DE FLEURVILLE

Elle l'apprenait, mais elle n'y faisait pas attention.

JEAN

Eh, mon Dieu ! c'est comme nous : si nous faisions tout ce que nous dit notre catéchisme, nous ne ferions jamais rien de mal.

LÉON

Dis donc, Jean, parle pour toi ; ne dis pas *nous :* moi, d'abord, je fais tout ce que me dit le catéchisme.

JACQUES

Ah ! par exemple, non.

LÉON

Est-ce que tu y comprends quelque chose, toi, gamin ? Tu parles toujours sans savoir ce que tu dis.

JACQUES

Est-ce ton catéchisme qui t'ordonne de répondre comme tu le fais ? Est-ce lui qui te conseille de me battre quand tu es en colère, de dire des gros mots et bien d'autres choses encore ?

LÉON

Imbécile, va ! si je ne méprisais ta petitesse, je te ferais changer de ton.

JACQUES

Tu méprises ma petitesse et tu crains papa et mon oncle, sans quoi...

Jacques, tais-toi ; tu provoques toujours Léon, qui n'est pas endurant, tu le sais.

JACQUES

Oh oui ! je le sais, papa, et j'ai tort ; mais,... mais,... c'était si tentant...

M. DE TRAYPI

Comment ? tentant de dire des choses désagréables à ton grand cousin ?

JACQUES

Papa, c'est précisément parce qu'il est grand ; et comme vous étiez là pour me protéger...

M. DE TRAYPI, *sévèrement.*

Tu t'es laissé aller. Ce n'est pas bien, Jacques. Ne recommence pas.

M. DE RUGÈS

À ton tour, Léon, tu mérites un reproche bien plus sévère que Jacques, parce que tu es plus grand.

LÉON

Je n'ai rien fait de mal, papa, ce me semble.

M. DE RUGÈS

Tu as été orgueilleux, impatient et maussade ; tâche de ne pas recommencer non plus, toi ; si je me

mêle de tes discussions, ce ne sera pas pour te soutenir.

— Et pour tout oublier, dit Mme de Fleurville en
se levant, je propose une partie de cache-cache, de
laquelle nous serons tous, petits et grands, jeunes et
vieux.

— Bravo, bravo ! ce sera bien amusant,
s'écrièrent tous les enfants. Voyons, qu'est-ce qui
l'est ?

— Il faut l'être deux, dit Mme de Rosbourg ; ce
serait trop difficile de prendre étant seul.

— Ce sera moi et ma sœur de Fleurville, dit M. de
Traypi ; ensuite Rugès avec Mme de Rosbourg ; puis
ceux qui se laisseront prendre. Une, deux, trois. La
partie commence : le but est l'arbre près duquel nous
nous trouvons.

Toute la bande se dispersa pour se cacher dans
des buissons ou derrière des arbres.

« Défendu de grimper aux arbres ! cria M. de
Traypi.

— Hou ! hou ! crièrent plusieurs voix de tous les
côtés.

— C'est fait, dit M. de Traypi. Prenez de ce côté,
ma sœur ; je prendrai de l'autre. »

Ils partirent tout doucement chacun de leur côté,
marchant sur la pointe des pieds, regardant derrière
les arbres, examinant les buissons.

« Attention, mon frère ! cria Mme de Fleurville,
j'entends craquer les branches de votre côté.

— Ah ! j'en tiens un », s'écria M. de Traypi en
s'élançant dans un buisson.

Mais il avait parlé trop vite ; Camille et Jean

59

étaient partis comme des flèches et arrivèrent au but avant que M. de Traypi eût pu les rejoindre. Pendant ce temps Mme de Fleurville avait découvert Léon et Madeleine, elle se mit à leur poursuite ; M. de Traypi accourut à son aide ; pendant qu'ils les poursuivaient, Marguerite et Jacques les croisèrent en courant vers le but. Mme de Fleurville, croyant ceux-ci plus faciles à prendre, abandonna Léon et Madeleine à M. de Traypi et courut après Marguerite et Jacques ; mais, tout jeunes qu'ils étaient, ils couraient mieux qu'elle, qui en avait perdu l'habitude, et ils arrivèrent haletant et riant au but, au moment où elle allait les atteindre.

Essoufflée, fatiguée, elle se jeta sur l'herbe en riant, et y resta quelques instants pour reprendre haleine. Elle alla ensuite rejoindre son frère, qui faisait vainement tous ses efforts pour attraper Léon, Madeleine et les grands ; quant à Sophie, elle n'était pas encore trouvée. À force d'habileté et de persévérance, M. de Traypi finit par les prendre tous malgré leurs ruses, leurs cris, leurs efforts inouïs pour arriver au but. Sophie manquait toujours.

« Sophie, Sophie, criait-on, fais *hou !* qu'on sache de quel côté tu es. »

Personne ne répondait.

L'inquiétude commença à gagner Mme de Fleurville.

« Il n'est pas possible qu'elle ne réponde pas si elle est réellement cachée, dit-elle ; je crains qu'il ne lui soit arrivé quelque chose.

— Elle aura été trop loin, dit M. de Rugès.

— Pourvu qu'elle ne se perde pas, comme il y a trois ans, dit Mme de Rosbourg.

— Ah ! pauvre Sophie ! s'écrièrent Camille et Madeleine. Allons la chercher, maman.

— Oui, allons-y tous, mais chacun des petits escorté d'un grand », dit M. de Traypi.

Ils se partagèrent en bandes et se mirent tous à la recherche de Sophie, l'appelant à haute voix ; leurs cris retentissaient dans la forêt, aucune voix n'y répondait. L'inquiétude commençait à devenir générale ; les enfants cherchaient avec une ardeur qui témoignait de leur affection et de leurs craintes. Enfin Jean et Mme de Rosbourg crurent entendre une voix étouffée appeler au secours. Ils s'arrêtèrent, écoutèrent... Ils ne s'étaient pas trompés.

C'était bien Sophie qui appelait :

« Au secours ! au secours ! Mes amis, sauvez-moi !

— Sophie, Sophie, où es-tu ? cria Jean épouvanté.

— Près de toi, dans l'arbre, répondit Sophie.

— Mais où donc ? mon Dieu ! où donc ? Je ne vois pas. »

Et Jean, effrayé, désolé, cherchait, regardait de tous côtés, sur les arbres, par terre : il ne voyait pas Sophie.

Tout le monde était accouru près de Jean, à l'appel de Mme de Rosbourg. Tous cherchaient sans trouver.

« Sophie, chère Sophie, cria Camille, où es-tu ? Sur quel arbre ? Nous ne te voyons pas.

Je suis tombée dans l'arbre qui était creux ; j'étouffe ; je vais mourir si vous ne me tirez pas de là. »

Un cri général lui répondit.

« Comment faire ? s'écriait-on. Si on allait chercher des cordes ? »

Jean réfléchit une minute, se débarrassa de sa veste et s'élança sur l'arbre, dont les branches très basses permettaient de grimper dessus.

« Que fais-tu ? cria Léon. Tu vas être englouti avec elle.

— Imprudent ! s'écria M. de Rugès. Descends, tu vas te tuer. »

Mais Jean grimpait avec une agilité qui lui fit promptement atteindre le haut du tronc pourri. Jacques s'était élancé après Jean et arriva près de lui avant que son père et sa mère eussent eu le temps de l'en empêcher. Il tenait la veste de Jean et défit promptement la sienne. Jean, qui avait jeté les yeux dans le creux de l'arbre, avait vu Sophie tombée au fond et s'était écrié :

« Une corde ! une corde ! vite une corde ! »

Léon, Camille et Madeleine s'élancèrent dans la direction du moulin pour en avoir une. Mais Jacques passa les deux vestes à Jean, qui noua vivement la manche de la sienne à la manche de celle de Jacques, et jetant sa veste dans le trou pendant qu'il tenait celle de Jacques :

« Prends ma veste, Sophie ; tiens-la ferme à deux mains. Aide-toi des pieds pour remonter pendant que je vais tirer. »

Jean, aidé du pauvre petit Jacques, tira de toutes ses forces. M. de Rugès les avait rejoints et les aida à retirer la malheureuse Sophie, dont la tête pâle et défaite apparut enfin au-dessus du trou. Au même instant, les vestes commencèrent à se déchirer. Sophie poussa un cri perçant. Jean la saisit par une main, M. de Rugès par l'autre, et ils la retirèrent tout à fait de cet arbre qui avait failli être son tombeau ; Jacques dégringola lestement jusqu'en bas : M. de Rugès descendit avec plus de lenteur, tenant dans ses bras Sophie à demi évanouie, et suivi de Jean. Mme de Fleurville et toutes ces dames s'empressèrent autour d'elle ; Marguerite se jeta en sanglotant dans ses bras. Sophie l'embrassa tendrement. Dès qu'elle put parler, elle remercia Jean et Jacques bien affectueusement de l'avoir sauvée. Lorsque Camille, Madeleine et Léon revinrent, traînant après eux vingt mètres de corde, Sophie était remise ; elle sourit à la vue de cette corde immense.

« Merci, mes chers amis, dit-elle. Mais vous me croyiez donc au fond d'un puits comme Ourson[1], pour avoir apporté une corde de cette longueur ?

CAMILLE

Nous ne savions pas bien au juste où tu étais, et nous avons pris à tout hasard la corde la plus longue.

1. Voyez les *Nouveaux contes de fées*. (*Note de l'éditeur.*)

Oui, car Léon a dit : « Une corde trop longue ne peut pas faire de mal, et une corde trop courte pourrait être cause de la mort de Sophie. »

MARGUERITE

Pauvre Sophie, cette forêt nous est fatale.

MADAME DE FLEURVILLE

Voilà Sophie bien remise de sa frayeur, et nous voilà tous rassurés sur son compte ; je demande maintenant qu'elle nous explique comment cet accident est arrivé.

M. DE RUGÈS

C'est vrai, on était convenu de ne pas grimper aux arbres.

SOPHIE, *embarrassée.*

Je voulais... me cacher mieux que les autres. Je m'étais mise derrière ce gros chêne, pensant que je tournerais autour et qu'on ne me trouverait pas.

M. DE TRAYPI

Ah ! par exemple ! j'ai pris Madeleine, et puis Léon, qui avaient voulu aussi tourner autour d'un gros arbre.

SOPHIE

C'est précisément parce que je vous voyais de loin prendre Madeleine et Léon, que j'ai pensé à trouver une meilleure cachette. Les branches de l'arbre étaient très basses ; j'ai grimpé de branche en branche.

C'est-à-dire que tu as triché.

Et que le bon Dieu t'a punie.

Hélas oui ! le bon Dieu m'a punie. De branche en branche j'étais arrivée à un endroit où le tronc de l'arbre se séparait en plusieurs grosses branches ; il y avait au milieu un creux couvert de feuilles sèches où j'ai pensé que je serais très bien. Je suis montée dans le creux ; au moment où j'y ai posé mes pieds, j'ai senti l'écorce et les feuilles sèches s'enfoncer sous moi, et, avant que j'aie pu m'accrocher aux branches je me suis sentie descendre jusqu'au fond de l'arbre. J'ai crié, mais ma voix était étouffée par la frayeur, puis par la profondeur du trou où j'étais tombée.

— Pauvre Sophie, dit Jean, quelle horreur, quelle angoisse tu as dû éprouver !

J'étais à moitié morte de peur. Je croyais qu'on ne me trouverait jamais, car je sentais combien ma voix était sourde et affaiblie. Je pris courage pourtant quand j'entendis appeler de tous côtés ; je redou-

65

blai d'efforts pour crier, mais j'entendais passer près de l'arbre où j'étais tombée, et je sentais bien qu'on ne m'entendait pas. Enfin, notre cher et courageux Jean m'a entendue, et m'a sauvée avec l'aide de mon bon petit Jacques...

JEAN

Et c'est lui qui a eu l'idée de nouer les deux vestes ensemble.

— C'est un vrai petit lion, dit Madeleine en l'embrassant.

LÉON, *d'un air moqueur.*

Plutôt un écureuil, en raison de son agilité à grimper aux arbres.

MARGUERITE, *vivement.*

Chacun a son genre d'agilité : les uns grimpent aux arbres comme des écureuils au risque de se tuer ; les autres courent comme des lapins de peur de se tuer.

MADAME DE ROSBOURG

Marguerite, Marguerite ! Prends garde !

MARGUERITE

Mais, maman, Léon veut diminuer le mérite de Jacques, et lui-même pourtant trouvait dangereux d'aller au secours de la pauvre Sophie.

LÉON

Il fallait bien que quelqu'un allât chercher des cordes.

MARGUERITE

Avec cela qu'elle a bien servi, ta corde !

MADAME DE FLEURVILLE

Voyons, enfants, ne vous disputez pas ; ne vous laissez pas aller, toi, Léon, à la jalousie, toi, Marguerite, à la colère, et remercions Dieu d'avoir tiré la pauvre Sophie du danger où elle s'était mise par sa faute. Rentrons à la maison ; il est tard, et nous avons tous besoin de repos. »

Tout le monde se leva et on se dirigea vers la maison, tout en causant vivement des événements de la matinée.

Chapitre 4

Biribi

Mme de Fleurville avait un chien de garde que les enfants avaient élevé, et qui s'appelait Biribi ; ce nom lui avait été donné par Marguerite et Jacques. Le chien avait deux ans ; il était grand, fort, de la race des chiens des Pyrénées, qui se battent contre les ours des montagnes ; il était très doux avec les gens de la maison et avec les enfants, qui jouaient souvent avec lui, qui l'attelaient à une petite charrette, et le tourmentaient à force de caresses ; jamais Biribi n'avait donné un coup de dents ni un coup de griffes.

Un jour, M. de Traypi annonça aux enfants qu'il allait voir laver son chien de chasse, Milord, dans de l'eau d'aloès.

« Voulez-vous venir avec moi, mes enfants ? Vous nous aiderez à laver et à essuyer Milord.

— Oui, papa ; oui, mon oncle ; oui, monsieur », répondirent ensemble tous les enfants.

Ils abandonnèrent Biribi, qu'ils allaient atteler à une voiture de poupée, et ils coururent avec M. de Traypi à la buanderie (endroit où on fait les lessives) pour voir laver Milord. Un baquet plein d'une eau tiède et rougeâtre attendait Milord, qui n'avait pas du tout l'air satisfait de se trouver là. Quand M. de Traypi entra, le pauvre Milord voulut courir à lui, mais le cocher et le garde le tenaient chacun par une oreille pour l'empêcher de se sauver, et il fut obligé de rester près du baquet, attendant le moment où on le plongerait dedans.

« Allons, Milord, dit M. de Traypi, saute là-dedans, saute. »

Et il aida à sa bonne volonté en l'enlevant par la peau du cou. Le chien s'élança dans le baquet, éclaboussant tous ceux qui se trouvaient près de lui. Madeleine et Marguerite, qui étaient en avant, furent les plus mouillées ; un éclat de rire général accompagna ce premier exploit de Milord ; M. de Traypi était inondé.

« Ah bah ! dit-il, nous nous changerons en rentrant ; profitons de ce que nous sommes déjà mouillés pour laver M. Milord bien à fond. »

Tous les enfants s'y mirent ; chacun contribua au supplice de Milord, l'un en lui plongeant le nez, l'autre en lui enfonçant la queue, le troisième en lui inondant les oreilles. Le pauvre Milord se laissait faire ; il avait l'air malheureux ; de temps en temps il léchait une main qui l'avait inondé, comme pour demander grâce.

« Pauvre chien ! dit Jacques. Papa, laissez-le sortir, je vous en prie : il me fait pitié.

69

M. DE TRAYPI

Il n'est pas encore mouillé jusqu'au fond des poils ; arrose-le, au lieu de le plaindre.

MARGUERITE

Mais pourquoi lui faites-vous prendre ce bain, monsieur ? Il était très propre.

M. DE TRAYPI

C'est pour faire mourir ses puces : il en est rempli.

LÉON

L'eau fait mourir les puces, mon oncle ?

M. DE TRAYPI

L'eau mêlée de poudre d'aloès les tue tout de suite.

LÉON

Ah ! que c'est drôle ! Je ne savais pas cela.

JEAN

Et faut-il beaucoup de poudre, mon oncle ?

M. DE TRAYPI

Non ; un petit paquet de 5 grammes dans chaque litre d'eau.

Quand je serai grand, je ferai laver mes chevaux dans l'eau d'aloès. »

Tout le monde se mit à rire.

M. DE TRAYPI, *riant.*

Les chevaux n'ont jamais de puces, nigaud.

JACQUES, *un peu confus.*

Mais s'ils n'ont pas de puces, ils ont des mouches qui les piquent, et je pense que l'aloès peut tuer les mouches comme il tue les puces.

M. DE TRAYPI, *riant.*

Je ne peux pas te le dire, je n'ai jamais essayé. Tu penses bien qu'il ne serait pas facile d'avoir un baquet assez grand pour baigner un cheval ; et, quand même on l'aurait, les mouches se sauveraient et n'auraient pas la bêtise de se faire noyer quand elles peuvent s'envoler.

LÉON

Et puis, comment le ferait-on entrer dans le baquet ?

JEAN

Ce ne serait pas moi qui m'en chargerais, toujours. »

Pendant cette conversation, Milord avait fini son bain. On était en train de l'essuyer. Puis on le laissa se sécher plus complètement au soleil ; on vida l'eau du baquet, et tout le monde sortit en fermant la porte de la buanderie. On ne pensa plus à Milord ; les enfants voulurent reprendre Biribi pour continuer leur jeu, mais Biribi avait profité de sa liberté pour s'en aller ; on l'appela, on le chercha, et, ne le trouvant pas, on s'en passa.

Le lendemain, le garde vint dire à Mme de Fleurville que Biribi ne se retrouvait pas.

Oh ! le pauvre Biribi ! où peut-il être ?

Il est probablement allé visiter quelques amis qu'il a dans les environs. Il faudra que vous alliez le chercher, Nicaise.

Oui, madame ; mais j'ai déjà fait un tour ce matin, et personne ne l'avait vu.

Ma tante, si vous permettez, nous irons après déjeuner au Val, à la Clémandière, à la Fourlière, à Bois-Thorel, au Sapin, dans tous les villages enfin où nous pourrions le trouver.

Certainement, allez-y, mes enfants ! Nicaise vous accompagnera ; mais il faut en demander la permis-

72

sion à vos papas et à vos mamans, pour qu'ils ne s'inquiètent pas de votre absence.

SOPHIE

Il faudra emporter des provisions pour le goûter.

CAMILLE

C'est inutile ; nous demanderons à manger à Mme Harel, au débit de tabac, ou bien à M. le curé.

MADELEINE

D'ailleurs, partout où nous irons, on nous donnera du pain et du cidre.

JACQUES

Ce sera bien amusant ; nous causerons partout un petit peu, et nous nous reposerons.

LÉON

Il faudra partir tout de suite après déjeuner.

JEAN

Oui, mais demandons d'abord la permission. »

Tous les enfants, excepté Camille, Madeleine et Sophie, qui avaient déjà leur permission, allèrent trouver leurs parents, et obtinrent sans peine leur consentement pour cette longue excursion.

« Papa, dit Jacques à l'oreille de M. de Traypi, venez avec nous : ce sera bien plus amusant.

— Pour toi, mon bon petit Jacques, répondit

73

M. de Traypi en l'embrassant, mais pas pour les autres, que je gênerais un peu.

JACQUES

Oh ! papa, vous êtes si bon ! vous ne pouvez gêner personne.

M. DE TRAYPI

Impossible, mon cher petit ; je dois aller avec ton oncle de Rugès faire une visite à trois lieues d'ici. »

Jacques ne répondit pas et s'en alla en soupirant. C'est que Jacques aimait beaucoup son papa, qui était bon et bien complaisant pour lui. Pourtant il ne le gâtait pas. Quand Jacques avait eu des colères dans sa petite enfance, son papa le mettait dans un coin et le laissait crier, après lui avoir donné deux ou trois bonnes tapes. Quand Jacques avait été impoli avec un domestique ou maussade avec un camarade, son papa l'obligeait à demander pardon. Quand Jacques avait été gourmand, il était privé toute une journée de sucreries, de gâteaux et de fruits. Quand Jacques avait désobéi, il était renvoyé dans sa chambre, et son papa ni sa maman ne l'embrassaient jusqu'à ce qu'il eût demandé pardon. De cette manière, Jacques était devenu un charmant petit garçon : toujours gai, parce qu'il n'était jamais grondé ni puni ; toujours aimable, parce qu'on l'avait habitué à penser au plaisir des autres et à sacrifier le sien. Il aimait son papa et il aurait voulu toujours être avec lui, mais M. de Traypi avait des occupations qui ne lui permettaient pas de toujours avoir Jacques près de lui ; et Jacques, habitué à obéir, s'en alla cette fois encore sans humeur ni tristesse. Il rejoignit ses cousins, cousines et amies, et tous attendirent avec impatience le moment du départ.

Pourtant, avant de se mettre en route, les enfants demandèrent encore des nouvelles du pauvre Biribi ; personne ne l'avait vu. Ils partirent, accompagnés du garde Nicaise, pour le Val, petit hameau à un quart de lieue du château. Ils entrèrent chez une femme Relmot ; mais ils n'y trouvèrent que le frère, qui était à moitié idiot, et qui répondait par un oui ou un non glapissant à toutes les questions qu'on lui adressait.

LÉON

Relmot, as-tu vu notre chien Biribi ?

RELMOT

Oui.

LÉON

Quand cela ? Aujourd'hui ?

RELMOT

Non.

LÉON

Où allait-il ? »
Pas de réponse ; Relmot rit d'un air bête.

LÉON

Quand l'as-tu vu ? »
Pas de réponse ; Relmot tourne ses pouces.

Mais réponds donc ! Sais-tu où il est ?

RELMOT

Non.

CAMILLE

Laisse ce pauvre garçon tranquille, Léon ; allons chez les Bertau.

JEAN

Les Bertau ? Je n'aime pas ces gens-là.

LÉON

Pourquoi ?

JEAN

Parce que je ne les crois pas honnêtes.

CAMILLE

Oh ! Jean, tu dis cela sans aucune preuve.

JEAN

Hé ! hé ! Je les ai vus, il y a deux ans et il y a peu de jours encore, couper des têtes de sapin pour en faire des quenouilles.

MADELEINE

Ce n'est pas un grand mal, cela.

NICAISE

M. Jean a raison ; ce n'est pas bien. D'abord le sapin n'est pas à eux, et puis ils savent bien que couper la tête d'un sapin, c'est perdre l'arbre, qui pousse crochu et qui n'est plus bon qu'à brûler.

JEAN

Et puis Nicaise ne l'a-t-il pas pris, l'année dernière et bien des fois, coupant des jeunes arbres dans le bois de ma tante, pour en faire des fourches et des râteaux à faner ?

NICAISE

Et encore, c'est qu'il allait les vendre sur la place, au marché de Laigle.

MARGUERITE

Demandons toujours s'il n'a pas vu Biribi.

JACQUES

Certainement, puisque nous sommes sortis pour cela. »

Les enfants entrèrent chez Bertau, qui dînait avec sa femme et ses enfants.

« Bonjour, Bertau, dit Léon d'un air aimable ; nous venons vous demander des nouvelles de Biribi, qui a disparu depuis hier matin.

BERTAU, *d'un air bourru.*

Comment que je saurais où est votre chien, moi ? Je m'en moque bien de votre chien, et de votre garde aussi !

NICAISE

Dis donc, Bertau, ne sois pas malhonnête avec les jeunes messieurs et les petites demoiselles. On te parle poliment, n'est-ce pas ? Pourquoi ne répondrais-tu pas de même ?

BERTAU

Vas-tu finir ton discours, toi ! Je n'aime pas qu'on me conseille ; je fais ce que je veux, et cela ne regarde personne.

NICAISE

Te tairas-tu, mal embouché, insolent ? Sans le respect que je dois aux jeunes maîtres, je t'aurais déjà fait rentrer les paroles dans la gorge. »

Bertau se lève et avance, le poing fermé, sur Nicaise, qui reste immobile et le regarde d'un air moqueur.

NICAISE

Touche seulement, et tu verras comme je te casserai les reins de mon pied et de mon poing ! »

Bertau se retire en grognant ; les enfants ont peur d'une bataille et se sauvent précipitamment, à l'exception de Jean, qui se pose près de Nicaise, un bâton

78

à la main, et de Jacques, qui se met résolument de l'autre côté de Nicaise, les poings en avant, prêt à taper.

LÉON

Jean, Jean, viens donc ! Vas-tu pas te battre avec ce manant ?

JEAN

Je ne laisserai pas dans l'embarras le brave Nicaise.

NICAISE

Merci bien, mes braves petits messieurs ; mais je n'ai que faire de votre courage ni de ma force contre ce batailleur, plus poltron encore que méchant. Il sait ce que pèse mon poing sur son dos ; il en a goûté le jour où je l'ai pris volant du bois chez mes maîtres... Bien le bonsoir, ajouta Nicaise d'un air moqueur en saluant Bertau et sa famille ; bon appétit, pas de dérangement. »

Et il alla rejoindre les autres enfants, après avoir affectueusement serré la main à Jean et à Jacques.

NICAISE

C'est tout de même courageux, ce que vous avez fait, monsieur Jean et monsieur Jacques ; car, enfin, vous ne pouviez pas deviner que ce Bertau était un poltron.

JEAN

C'est Jacques surtout qui a eu du courage, car, moi, je suis assez grand pour me défendre.

NICAISE

C'est égal, bien d'autres auraient filé comme a fait votre frère, M. Léon, sauf le respect que je lui dois. Mais, chut ! nous voici près d'eux.

MARGUERITE

Eh bien, il n'y a rien eu ? Mon bon petit Jacques n'a pas été blessé ?

LÉON

Blessé ? Ah ouiche ! Est-ce que tu as cru qu'ils allaient se battre pour tout de bon ?

MARGUERITE

Pourquoi donc t'es-tu sauvé, si tu ne craignais pas une bataille ?

LÉON

D'abord, je ne me suis pas sauvé, je me suis retiré, pour protéger mes cousines, Sophie et toi.

MARGUERITE

Jolie escorte que tu nous faisais ; tu courais à vingt pas devant nous.

J'allais en avant pour vous indiquer le chemin qu'il fallait prendre.

MARGUERITE, *riant.*

Ha, ha, ha ! Avoue donc tout simplement que tu avais peur et que tu te sauvais.

LÉON, *d'un air indigné.*

Si tu étais un garçon de ma taille, tu verrais que tes plaisanteries ne me semblent pas du tout plaisantes.

MARGUERITE, *riant.*

Je ne verrais rien du tout que ton dos et tes talons, parce que tu es prudent, que tu fuis la guerre et que tu aimes la paix. »

Jean et Jacques riaient pendant cette discussion ; Camille et Madeleine étaient inquiètes ; Sophie applaudissait des yeux et du sourire ; Nicaise paraissait enchanté. Léon était en colère ; ses yeux flamboyaient, et, s'il avait osé, il aurait assommé Marguerite de coups de poing. Camille arrêta cette dangereuse conversation en proposant de continuer les recherches. « Nous perdons notre temps, dit-elle, et nous avons encore bien des hameaux et des maisons à visiter. »

Ils continuèrent donc leur chemin. Léon fut un peu maussade, mais il finit par se dérider et par rire comme les autres. Dans aucune maison on n'avait vu Biribi, et plusieurs personnes dirent aux enfants et à Nicaise qu'il avait probablement été tué par Bertau, qui s'était plaint que Biribi venait la nuit rôder autour de ses lapins, et qu'il l'étranglerait la première fois qu'il pourrait mettre la main sur lui. Les enfants ne rentrèrent que vers six heures, fatigués, mais enchantés de leur longue promenade ; elle avait été interrompue par un bon goûter chez M. le curé, qui leur avait fait manger du pain et du beurre, de la crème, du fromage, des cerises, et boire de la liqueur de cassis.

« Eh bien, mes enfants, quelles nouvelles ? leur demandèrent les papas et les mamans, qui les attendaient au salon.

— Aucune, maman, répondit Camille à Mme de Fleurville ; on nous a seulement dit que c'était probablement Bertau qui l'avait tué.

MADAME DE FLEURVILLE

Pourquoi supposer une pareille méchanceté ?

LÉON

Ma tante, c'est parce qu'il l'a annoncé à plusieurs personnes.

MADAME DE FLEURVILLE

Quand on veut faire une mauvaise action, on ne l'annonce pas.

JACQUES

Pourtant, ma tante, Nicaise croit que c'est très possible, parce que Biribi tournait souvent autour des petites maisons de ses lapins et qu'il avait peur qu'il ne les lui mangeât.

MADAME DE FLEURVILLE

S'il l'a fait, je porterai plainte au juge de paix, car c'est un mauvais homme que ce Bertau, et il me joue sans cesse des tours. »

Mais tout cela ne faisait pas retrouver Biribi ; on le chercha encore le lendemain, puis on n'y pensa plus.

Le troisième jour, les enfants allaient sortir de bonne heure pour prendre du lait et du pain bis à la ferme, quand ils aperçurent, à travers les arbres, du monde rassemblé autour de la buanderie.

« Allons voir ce que c'est, dit Jacques.

— Oui, courons », répondirent tous les enfants.

Ils s'approchèrent, on s'écarta pour les laisser passer, et ils virent le pauvre Biribi, maigre, à moitié relevé, à moitié tombé, qui mangeait avec avidité une terrine de soupe.

« Biribi ! Biribi ! s'écrièrent les enfants. Qu'est-ce qui l'a retrouvé ? Où était-il ?

— Il était dans la buanderie, répondit Martin, le régisseur. La pauvre bête est restée là enfermée depuis trois jours.

MADELEINE

Mais comment s'est-il trouvé enfermé ?

83

C'est probablement quand on a lavé Milord ; Biribi sera entré dans la buanderie, et on a fermé la porte sans savoir qu'il était là.

CAMILLE

Et qu'est-ce qui a eu l'idée d'y regarder ce matin ?

MARTIN

Les femmes de lessive y sont entrées pour préparer le linge, elles ont trouvé ce pauvre chien tombé devant la porte ; il ne pouvait seulement pas se relever : on m'a appelé ; par bonheur j'étais là à côté. Les femmes n'osaient pas en approcher, elles craignaient qu'il ne fût enragé. J'ai bien vu tout de suite que la pauvre bête était quasi morte de faim et de soif. J'ai envoyé une des femmes chercher une terrine de soupe ; en attendant, je lui ai donné à boire. Il a bu près d'un demi-seau. Et puis la soupe est arrivée, et le voilà qui mange.

— Comme il est maigri ! dit Sophie.
— Et comme il paraît faible ! dit Jacques.

MARTIN

La soupe va le remonter ; il va faire un bon somme par là-dessus, et il n'y paraîtra pas. »

En effet, quand Biribi eut mangé toute sa soupe, il se releva et marcha vers sa niche, qu'il gagna avec peine. Il s'y blottit et ne tarda pas à s'endormir. Quand il fut réveillé, il mangea une seconde soupe, qu'on lui avait préparée, et il parut avoir retrouvé

84

ses forces et sa gaieté. Les enfants coururent raconter à leurs mamans et à leurs papas l'aventure de Biribi ; ils en causèrent une partie de la journée ; ils le soignèrent et le caressèrent, après quoi ils n'y pensèrent plus. Seulement, depuis ce jour, Mme de Fleurville donna ordre que, lorsque la buanderie avait été ouverte, on y regardât toujours le lendemain, de peur que quelque enfant ou quelque bête ne s'y trouvât enfermé. Biribi n'osait plus en approcher mais une fois on y trouva un chat qui s'était blotti dans un coin, un jour de savonnage, pour attraper un mulot, et qui s'y était trouvé enfermé comme Biribi. Quand on ouvrit la porte, le chat s'élança au-dehors avec une telle précipitation, que Martin crut un instant voir le diable, car le chat était noir, et Martin n'avait eu le temps d'apercevoir que deux yeux flamboyants comme des charbons ardents. En se retournant, il reconnut le chat de la ferme qui s'enfuyait, et il rit avec les enfants de sa méprise.

Chapitre 5

Rencontre inattendue

« J'aime beaucoup la forêt du moulin, dit un jour Léon à ses cousines et à ses amies.

— Et moi, je ne l'aime pas du tout, dit Sophie.

JEAN

Pourquoi donc ? Elle est pourtant bien belle.

SOPHIE

Parce qu'il arrive toujours des malheurs dans cette forêt. Je n'aime pas quand on y va.

LÉON

Je ne vois pas quel malheur y est arrivé. On s'y amuse toujours beaucoup.

SOPHIE

Toi, tu t'y amuses, c'est possible ; mais je te réponds que je ne m'y suis pas amusée le jour que j'ai manqué étouffer dans le creux de l'arbre...

LÉON

Oh ! mais c'était ta faute.

SOPHIE

Je ne dis pas que ce n'était pas ma faute ; mais j'ai manqué tout de même y étouffer.

LÉON

Est-ce que tu étais bien mal dans cet arbre ?

SOPHIE

Comment, si j'y étais mal ? Puisque je te dis que j'étouffais.

LÉON

Tu ne pouvais pas étouffer ! Tu avais de l'air par en haut.

SOPHIE, *avec impatience.*

Mais j'étais tout au fond, le corps serré par l'écorce.

LÉON

Ah bah ! Je m'en serais bien tiré, moi.

En vérité ! J'aurais voulu t'y voir.

LÉON

Je n'aurais eu besoin du secours de personne pour en sortir, je t'en réponds.

JEAN, *avec ironie.*

Tu te vantes, mon brave.

JACQUES

Rien de plus facile que d'essayer : allons à la forêt, monte sur l'arbre, laisse-toi glisser au fond, nous ne t'aiderons pas, et tu en sortiras tout seul. Veux-tu ?

LÉON, *embarrassé.*

Je le ferais certainement, si..., si...

JACQUES, *riant.*

Si quoi ?

LÉON, *embarrassé.*

Si je ne craignais d'effrayer mes cousines, qui pourraient croire..., qui pourraient craindre...

JACQUES

Craindre quoi, puisque tu es si brave ?

LÉON

Et pourquoi n'essayes-tu pas, toi qui me conseilles de le faire ?

JACQUES

Parce je crois, moi, que c'est très dangereux, et j'aurais peur.

LÉON, *avec ironie.*

Peur, toi qui fais toujours le brave ! toi qui te précipites toujours au milieu des dangers qui n'existent pas, pour te donner la réputation d'un Gérard tueur de lions ! Tu aurais peur, toi, Jacques le téméraire, le batailleur !

JEAN

Oui, il aurait peur, précisément parce qu'il a le vrai courage, celui qui le porte à secourir les autres dans le danger, et non pas à le braver inutilement.

LÉON

Je vous prouverai bien, moi, que je suis plus courageux que Jacques. Allons à la forêt, je me glisserai dans le creux de l'arbre... Seulement... Il faut que je demande la permission à papa.

JEAN

Ha, ha ! voilà qui est bon ! Ce sera une manière d'avoir raison, car tu sais bien que papa ne te laissera pas faire.

LÉON

Papa me laissera faire, s'il pense, comme moi, qu'il n'y a aucun danger. Vous allez voir. »

Léon, suivi de tous les enfants, alla vers la chambre de son papa, qu'il trouva avec son oncle, M. de Traypi. Tous deux riaient en demandant à Léon ce qu'il voulait.

LÉON

Papa, je viens vous demander la permission d'aller dans la forêt du moulin avec mes cousines.

M. DE RUGÈS

Pour quoi faire ?

LÉON

Papa, c'est pour entrer dans le creux de cet arbre dans lequel Sophie prétend avoir étouffé l'autre jour.

M. DE RUGÈS, *souriant.*

Mais ne crains-tu pas, si tu entres dans cet arbre, de ne plus pouvoir en sortir ?

LÉON

Papa, je ne le crains pas ; pourtant, si vous me le défendez, je ne le ferai pas.

M. DE RUGÈS

Non, non, je ne te le défends pas ; je te recommande seulement d'être prudent.

LÉON, *inquiet.*

Papa, si vous craignez le moindre accident, je ne l'essayerai certainement pas ; je serais bien fâché de vous causer quelque inquiétude. Je dirai à mes cousines, à Jean et à ce petit moqueur de Jacques, que vous ne trouvez pas la chose raisonnable.

M. DE RUGÈS

Mais pas du tout, pas du tout. Essaye, je ne demande pas mieux. J'irai même avec vous pour être témoin de ton acte de courage... inutile, c'est vrai, mais qui fera taire les mauvaises langues qui t'accusent de poltronnerie.

LÉON, *abattu.*

Papa, je vous remercie..., j'irai certainement..., je n'ai certainement pas peur..., j'ai certainement..., certainement... très envie... de leur montrer... qu'il n'y a pas de danger... Mais je crains que... maman... ne soit pas contente..., ne permette pas...

M. DE RUGÈS, *impatienté.*

Sac à papier ! mon garçon, tu n'as pas besoin de la permission de ta maman, puisque je te la donne, moi. Voyons, finissons et mettons-nous en route. Viens-tu avec nous, Traypi ? » ajouta-t-il en se retournant vers son beau-frère, qui consentit en souriant.

Les enfants, qui étaient restés à la porte de la chambre, étaient un peu inquiets.

« Mon oncle, dit Camille à M. de Rugès, ne trou-

91

vez-vous pas que c'est imprudent à Léon d'entrer dans cet arbre ?

M. DE RUGÈS

Chère petite, ton oncle de Traypi et moi nous avons entendu toute votre conversation, et c'est pour punir Léon de ses rodomontades et de sa poltronnerie que je le pousse à cet acte de courage, qu'il n'exécutera pas et que je ne laisserai pas exécuter. Il va être assez puni par la peur qu'il aura pendant toute la promenade. Le voici qui descend avec sa casquette ; vois comme il est pâle !

CAMILLE

Oh ! mon oncle, il me fait pitié ; pauvre garçon, comme il tremble en descendant l'escalier ! Permettez-moi de le rassurer en lui disant que vous ne le laisserez pas entrer dans l'arbre.

M. DE RUGÈS

Non, non, Camille ; laisse-moi lui donner cette leçon, dont il a grand besoin, je t'assure. Je te permets seulement de rassurer les autres. Dis-leur que je ne le laisserai pas s'exposer à un pareil danger. »

On se mit en route assez tristement ; tous les enfants avaient le sentiment du danger qu'allait courir le malheureux Léon, et tous s'étonnaient que M. de Rugès lui permît de s'y exposer. Camille alla de l'un à l'autre ; à mesure qu'elle leur parlait, leur tristesse faisait place au sourire ; les visages reprenaient leur gaieté ; ils causaient bas et riaient ; ils regardaient Léon d'un air malicieux ; tous étaient contents de cette punition infligée à son mauvais caractère et à son manque de courage. Léon, qui n'était pas dans le secret, croyait marcher à la mort, et restait en arrière comme pour éloigner le terrible moment ; il allait tristement, la tête basse, le visage pâle ; il répondait par monosyllabes aux compliments ironiques qu'on lui adressait sur sa bravoure. Quand il aperçut de loin le chêne qui pouvait être son tombeau, sa frayeur redoubla, et, ne pouvant plus feindre un courage qu'il n'avait pas, il s'esquiva adroitement et se sauva par un sentier qui donnait dans le chemin, pendant que les autres continuaient leur route. M. de Rugès avait bien vu la manœuvre de Léon et le dit tout bas à M. de Traypi :

« Que faire maintenant ? Je ne sais plus comment nous nous tirerons de là.

M. DE TRAYPI

Fais semblant de le chercher ; tu le trouveras, tu lui feras honte de sa poltronnerie ; et, quand tu l'auras décidé à grimper sur l'arbre, je l'arrêterai en te disant que le danger de Sophie a été très réel et très grand. »

On arrivait au pied de l'arbre ; les enfants commençaient à s'apercevoir de la disparition de Léon, lorsqu'on entendit un cri de terreur sortir du buisson où il était caché. MM. de Rugès et de Traypi s'apprêtaient à courir de ce côté, lorsqu'ils virent sortir précipitamment du sentier Léon criant au voleur, et suivi par un homme misérablement vêtu, qui tenait un bâton à la main.

L'homme, les apercevant, alla vers eux et salua en ôtant son vieux chapeau.

« Qu'y a-t-il ? dit M. de Rugès ; qui êtes-vous ? qu'est-il arrivé à mon fils ?

L'HOMME

Je ne saurais vous dire, monsieur, pourquoi le jeune monsieur a été si effrayé. Tout ce que je sais, c'est que j'allais au village de Fleurville, qui est dans ces environs, m'a-t-on dit ; que, me sentant fatigué, je m'étais endormi au pied d'un arbre, et qu'en m'éveillant, j'ai vu, à trois pas de moi, ce petit monsieur blotti près d'un buisson : il ne me voyait pas, et il ne voyait pas venir non plus une grosse vipère qui touchait presque à son pied. Je n'avais pas le temps de le prévenir : au premier mouvement, la vipère l'aurait piqué ; je ne fis ni une ni deux : je m'élançai sur lui, je l'enlevai dans mes bras avant que la vipère ait fait son coup, et je le posai dans le sentier ; il poussa un cri tout comme s'il avait été saisi par le diable, et il a couru comme si le diable courait après. »

M. de Rugès comprit très bien que Léon avait cédé à la frayeur. Déjà fort abattu par l'émotion de la dernière heure, il n'avait pas pu résister à la terreur que lui causa cet enlèvement si brusque par un inconnu qu'il avait pris pour un brigand.

Pendant que M. de Rugès et M. de Traypi parlaient à Léon et lui faisaient honte de sa conduite, les enfants examinaient l'inconnu, resté au milieu d'eux. Depuis qu'il avait apparu, Sophie le regardait avec une surprise mêlée d'émotion ; elle cherchait à recueillir ses souvenirs ; il lui semblait avoir déjà vu ce visage brûlé par le soleil, cette figure franche et honnête ; il lui semblait avoir entendu cette voix. L'homme, de son côté, après avoir regardé successivement les enfants, avait arrêté ses yeux sur Sophie ; l'étonnement se peignit sur son visage, et fit place à l'émotion.

« Mam'selle, dit-il enfin d'une voix un peu tremblante ; pardon, mam'selle ; mais n'êtes-vous pas mam'selle Sophie de Réan ?

— Oui, répondit Sophie, c'est moi ; je suis Sophie... Je crois aussi vous reconnaître, ajouta-t-elle en passant la main sur son front... Mais... il y a si... longtemps..., si... longtemps... N'êtes-vous pas... *le Normand ?* ajouta-t-elle vivement. Oui, je me souviens..., le Normand.

L'HOMME

C'est bien moi, mam'selle. Et comment avez-vous échappé au naufrage ? Je vous croyais perdue avec votre pauvre papa.

SOPHIE, *avec attendrissement.*

Papa m'a sauvée, je ne sais plus comment. Je ne sais pas non plus ce qu'est devenu mon pauvre cousin Paul, qui était resté près du capitaine.

L'HOMME

Oh ! mam'selle de Réan, que je suis donc heureux de vous retrouver ! Qu'est-ce qui m'aurait dit que cette petite mam'selle Sophie, que je croyais au

95

fond de la mer, était pleine de vie et de santé dans mon beau pays, dans ma chère Normandie ? »

Les enfants étaient restés stupéfaits de cette reconnaissance de Sophie et de l'inconnu. Aucun d'eux ne savait son naufrage. Ils ne comprenaient pas non plus pourquoi cet homme l'appelait Mlle de Réan. Ils ne la connaissaient que sous le nom de Fichini.

Léon paraissait très honteux de ce qui s'était passé. Il osait à peine lever les yeux sur son père, qui le regardait d'un air froid et mécontent. Il fut donc très satisfait de voir l'attention générale se reporter sur Sophie et sur l'inconnu. Sophie continua à interroger celui qu'elle appelait le Normand.

SOPHIE

Vous ne me dites pas ce qu'est devenu mon pauvre Paul ; a-t-il péri avec le vaisseau ?

L'HOMME

Non, mam'selle de Réan. Quand le commandant vit que les chaloupes s'étaient éloignées, que beaucoup de monde avait péri, qu'il ne restait plus personne sur le bâtiment, il me gronda de ne pas m'être sauvé avec les autres. Je lui dis que je ne quitterais ni mon commandant ni mon bâtiment. Il me serra la main, regarda d'un air attendri votre petit cousin, qui pleurait tout bas et se tenait collé contre lui. « À notre tour, mon Normand, me dit-il. Tâchons de nous tirer de là ; le bâtiment n'en a pas pour une heure. » Alors nous tînmes conseil ; ce ne fut pas long ; en dix minutes nous avions fait un radeau ; nous portâmes dessus tout ce que je pus ramasser de biscuit, d'eau

96

fraîche et de provisions ; le commandant avait sa boussole, une hache passée à la ceinture. Nous mîmes à l'eau le radeau. Le commandant sauta dessus avec M. Paul dans ses bras ; je coupai la corde qui l'attachait au vaisseau ; il pouvait s'engloutir d'un moment à l'autre. J'avais mis des rames sur le radeau, et je me mis à ramer. Le commandant essuya une larme qui lui troublait la vue depuis qu'il avait abandonné le bâtiment. Il regarda autour de nous : on n'y reconnaissait rien ; il examina les étoiles, qui commençaient à briller, et parut content. « Nous ne sommes pas loin de terre, dit-il. Rame bien, mon Normand, mais pas trop fort, pour ne pas te fatiguer. Quand tu seras las, je te relèverai de faction. »

SOPHIE

Mais Paul, mon pauvre Paul, que faisait-il, que disait-il ?

L'HOMME

Ma foi, mam'selle, je n'y faisais pas grande attention, faut dire ; je crois bien qu'il pleurait toujours. Le commandant le caressa, lui dit de rester bien tranquille, qu'il ne l'abandonnerait pas, qu'il fallait tâcher de dormir. Moi, je ramais avec le commandant, et nous ramâmes si bien, que vers le jour le commandant cria : *Terre !* Je sautai sur mes pieds, et je vis que nous approchions de ce qui me parut être une île. Nous abordâmes et nous trouvâmes un joli pays vert et boisé ; et c'est comme cela que le bon Dieu nous a sauvés.

Mais Paul n'est donc pas mort ? Où est-il ?
Qu'est-il devenu ?

L'HOMME

Voilà ce que je ne puis vous dire, mam'selle. Les
sauvages nous prirent et nous emmenèrent. Plus tard
ils emmenèrent le commandant et M. Paul d'un côté,
et moi de l'autre. Je leur ai échappé, et j'ai bien cherché mon brave commandant, mais je n'en ai pas
retrouvé de trace. Je ne sais pas ce que ces diables
rouges en ont fait. Pour moi, je me suis sauvé ; j'ai
vécu quatre ans dans les bois ; j'ai enfin été ramassé
par un vaisseau anglais. Ces brigands m'ont ballotté
pendant six mois avant de me mettre à terre ; ils
m'ont enfin débarqué au Havre, et je suis revenu au
pays, pour y chercher ma femme et mon enfant ; je
ne les ai plus retrouvés, et je continue à battre le pays
pour tomber sur leur piste.

« Pauvre Paul ! » dit Sophie en s'essuyant les
yeux.

M. de Rugès, M. de Traypi avaient écouté avec
un grand intérêt le court récit du Normand. Pendant
que ces messieurs l'interrogeaient sur ses aventures,
les enfants entourèrent Sophie.

MARGUERITE

Tu as donc fait naufrage ?

MADELEINE

Ta maman et ton papa se sont noyés ? Comment, toi, as-tu été sauvée ?

JACQUES

Qui est ce Paul dont tu parles ?

CAMILLE

Comment ne nous as-tu jamais parlé de cela ?

LÉON

Pourquoi cet homme t'appelle-t-il Mlle de Réan ?

JEAN

Je ne savais pas que tu eusses été si malheureuse, ma pauvre Sophie. »

Ils parlaient tous à la fois ; Sophie répondit à tous ensemble.

SOPHIE

Oui, j'ai été très malheureuse. Je n'en ai jamais parlé, parce que papa et ma belle-mère m'avaient défendu de jamais leur rappeler le passé. J'ai fini par n'y plus penser moi-même et par l'oublier. J'avais à peine quatre ans quand tout cela est arrivé.

LÉON

Tu nous raconteras tout, bien en détail, n'est-ce pas, Sophie ? Cela nous amusera beaucoup.

JEAN

Pas du tout, tu ne nous diras rien, ma pauvre Sophie ; tous ces souvenirs te feraient trop de peine.

SOPHIE

Merci, Jean ; mais il y a si longtemps que ces choses se sont passées, que je puis en parler sans tristesse. Tout en marchant, je vous raconterai ce dont je me souviens.

JEAN

Pourquoi le Normand t'appelle-t-il Mlle de Réan ?

SOPHIE

Parce que c'était mon nom quand je suis née.

MADELEINE

Comment, quand tu es née ? Et comment as-tu pu changer de nom depuis ?

CAMILLE

Attendez ! Je me souviens, en effet, que lorsque nous étions petites, nous allions chez toi ; tu avais ton papa et ta maman, qui s'appelaient M. et Mme de Réan ; et puis un oncle et une tante, M. et Mme d'Aubert ; le petit Paul d'Aubert était ton cousin[1].

---

1. Voyez *Les malheurs de Sophie*, du même auteur.

SOPHIE

Précisément ; et, après trois ans d'absence, je suis revenue avec ma belle-mère, Mme Fichini, et j'ai retrouvé Marguerite, que je ne connaissais pas et qui demeurait chez vous.

JACQUES

Mais pourquoi t'appelles-tu Fichini ?

SOPHIE

Je ne sais pas bien ; je crois que papa a été en Amérique pour voir un ami d'enfance, M. Fichini, qui lui a laissé une grande fortune, à la condition qu'il prendrait son nom.

JACQUES

C'est bien laid, Fichini ; j'aime bien mieux Réan.

SOPHIE

Mais qu'est devenu mon pauvre Paul ? D'après ce que m'a dit le Normand, il est possible qu'il vive encore.

LÉON

C'est impossible ; depuis cinq ans.

JEAN

Ce n'est pas du tout impossible, puisque le Normand est revenu.

101

Le Normand n'est pas un enfant.

Mais Paul était avec le commandant.

Il est probable que les sauvages les ont mangés. »
Sophie poussa un cri d'horreur.

« Tais-toi donc, Léon, dit Jean avec colère ; tu as
l'air de chercher tout ce qui peut affliger davantage
la pauvre Sophie.

On ne peut donc pas parler, maintenant ?

Non, on doit se taire, quand on n'a que des choses
désagréables à dire. »

Sophie pleurait ; Jacques l'embrassait et lançait à
Léon des regards furieux. Camille, Madeleine,
Marguerite et Jean consolaient et rassuraient de leur
mieux Sophie, tout en regardant Léon d'un air de
reproche.

Ils finirent par lui persuader que son cousin vivait
et qu'il reviendrait bientôt. Léon restait à l'écart,
regrettant ce qu'il avait dit, mais ne voulant pas le
faire voir.

« Mes enfants, dit M. de Rugès, s'approchant
d'eux très ému, rentrons à la maison. Ne parlez pas

102

à Mme de Rosbourg de la rencontre que nous avons faite de ce brave homme. Je la préparerai à le voir.

Pourquoi cela, mon oncle ? est-ce qu'il connaît Mme de Rosbourg ?

Cet homme est le nommé LECOMTE, employé à bord de la *Sybille* avec le commandant de Rosbourg et...

— Avec mon pauvre papa ! s'écria Marguerite. Oh ! laissez-moi lui parler, lui demander des détails sur papa. »

Le Normand s'approcha à un signe de M. de Traypi.

« Voici, lui dit-il, la fille de votre commandant.

— La fille de mon commandant, de mon cher, vénéré commandant ! » s'écria le Normand.

Et, saisissant Marguerite, il lui donna trois ou quatre gros baisers avant qu'elle ait eu le temps de se reconnaître.

« Pardon, mam'selle, dit-il en la posant à terre. C'est le premier mouvement, ça ; je n'en ai pas été maître. Mon pauvre commandant ! Si je pouvais lui donner ma place ! Serait-il heureux d'avoir une si gentille demoiselle !

— Vous aimiez donc bien mon pauvre papa ? lui dit Marguerite en essuyant ses yeux pleins de larmes.

103

Si je l'aimais ! si je l'aimais ! Ah ! mam'selle, j'aurais donné mon sang, ma vie, pour mon brave commandant ! Et de penser que le bon Dieu l'avait sauvé, et que sans ces gredins de sauvages... !

— M. de Rugès a dit tout à l'heure que vous vous nommiez Lecomte, dit Marguerite, et vous-même vous disiez que vous cherchiez votre femme et votre enfant. N'avez-vous pas une fille qui s'appelle Lucie ?

LECOMTE

Oui, mam'selle ; Lucie, qui doit avoir quatorze à quinze ans à présent. Est-ce que vous la connaîtriez par hasard ?

MARGUERITE

Mais alors elles sont ici, dans le village ; ce sont elles qui demeurent dans la maison blanche. »

À cette nouvelle inattendue, le Normand sembla fou de joie. Il se mit à courir en appelant sa femme et sa fille ; puis il songea qu'il ne connaissait pas le chemin du village ; il revint en courant, se jeta à genoux, ôta son chapeau, fit un signe de croix, se précipita vers Marguerite, qu'il embrassa encore une fois, serra les mains de Sophie à la faire crier, supplia qu'on le menât à sa femme et à sa fille.

« Mon brave Lecomte, remettez-vous, soyez raisonnable, lui dit M. de Rugès. Si vous arrivez devant votre femme et devant Lucie sans qu'elles y soient préparées, le saisissement peut les tuer. Songez que depuis cinq ans que dure votre absence, elles vous croient mort, et qu'il faut les préparer tout doucement à vous revoir.

LECOMTE

C'est vrai, monsieur, c'est vrai ! Je suis fou, je suis bête, je n'ai plus ma tête. Mais quel bonheur, quel bonheur ! Que Dieu est bon et comme il récompense bien ma patience ! Depuis cinq ans je lui demande matin et soir de me faire retrouver ma femme et ma fille. Et voilà qu'en un jour je les retrouve, avec la fille de mon commandant, et puis cette pauvre mam'selle de Réan... N'allons-nous pas nous mettre en route, messieurs, mesdemoiselles ? C'est que, voyez-vous, quand on a été cinq ans à demander les siens au bon Dieu et qu'on les sent si près, on ne tient plus en place. Je marcherais, je courrais comme un cerf. Il me semble que je ferais six lieues à l'heure.

« Partons », répondirent ensemble MM. de Rugès, de Traypi et tous les enfants.

Les enfants marchèrent tous aussi vite que le leur permettaient leurs petites jambes. Le Normand, voyant la pauvre petite Marguerite rester en arrière, malgré les efforts de Jacques pour la soutenir et la faire marcher du même pas que les autres, la saisit dans ses bras et la porta jusqu'à l'entrée du village.

Camille et Madeleine racontaient à leurs cousins, tout en marchant, comment elles avaient trouvé dans cette même forêt du moulin une petite fille désolée, parce que sa maman était malade et mourait de faim ; comment Mme de Rosbourg les avait secourues et établies dans la maison blanche du village[1], quand elle avait appris que le mari de cette femme, qui s'appelait *Lecomte,* avait été embarqué sur le bâtiment de M. de Rosbourg, et comment Lucie, qui était une excellente fille, travaillait pour faire vivre sa mère, que le chagrin avait affaiblie au point de la rendre incapable d'aucun travail suivi : elle filait et faisait du linge chez elle pendant que Lucie allait en journées pour coudre, repasser, savonner.

Quand on fut arrivé à l'entrée du village, à cent pas de la maison blanche, MM. de Rugès et de Traypi forcèrent Lecomte à s'arrêter ; les enfants restèrent près de lui pour le distraire et le retenir, pendant que ces messieurs allaient préparer la femme Lecomte au retour de son mari.

Lecomte attendait avec anxiété le retour de ces messieurs ; il répondait à peine aux questions des enfants, lorsqu'une jeune fille de quatorze à quinze ans se trouva près d'eux ; elle venait d'un chemin creux bordé d'une haie, qui aboutissait à celui où attendaient Lecomte et les enfants.

« Lucie, s'écria Marguerite.

— Lucie, quelle Lucie ? demanda d'une voix basse et tremblante le pauvre Lecomte, qui croyait reconnaître sa fille et dont le visage était d'une pâleur effrayante.

— Bonjour, mesdemoiselles, bonjour, messieurs, dit Lucie faisant une révérence et les regardant tous avec surprise. Mon Dieu ! qu'avez-vous donc ?

1. Voyez *Les petites filles modèles*, du même auteur.

ajouta-t-elle. Serait-il arrivé un malheur ? Vous avez tous l'air si effrayé que cela me fait peur. »

Camille fut la première à se remettre.

« Non, Lucie, il n'est rien arrivé de malheureux ; ne t'effraye pas, lui dit-elle.

— Mais pourquoi donc restez-vous tous sans me parler, avec un air tout drôle ? *(Apercevant Lecomte :)* Ah ! vous avez un étranger avec vous ? N'aurait-il pas besoin d'un verre de cidre et d'une croûte de pain ? Est-ce cela qui vous embarrasse ?

— Lucie ! » s'écria Lecomte d'une voix étranglée par l'émotion.

Lucie tressaillit, regarda l'étranger avec surprise ; elle rougit, pâlit.

« Non, dit-elle, ce n'est pas possible... Je crois reconnaître... Mais non, non... ce ne peut être... Serait-ce ?

— Ton père ! s'écria Lecomte en s'élançant vers elle et la saisissant dans ses bras.

— Mon père ! mon père ! répéta Lucie en se jetant à son cou. Oh ! mon père, quelle joie ! quel bonheur ! Mon père, mon cher, mon bien-aimé père ! »

Lucie versait des larmes de bonheur ; Lecomte pleurait en couvrant sa fille de baisers. Les enfants regardaient cette scène avec attendrissement. Lecomte ne pouvait se lasser de regarder, d'embrasser son enfant, que six années d'absence lui avaient rendue plus chère encore. Lucie était fort grandie et embellie, mais il lui trouvait le même visage.

« Je t'aurais reconnue entre mille, lui dit-il. Et moi, comment as-tu pu me reconnaître !

Mon bon père, vous n'êtes pas bien changé non plus. J'ai tant et si souvent pensé à vous ! C'est comme si vous étiez parti de la veille. »

Se souvenant tout à coup de sa mère :

« Ah ! ma pauvre mère ! Ne voilà-t-il pas que je l'oublie dans mon bonheur de vous revoir ! Vite, que je coure lui dire... »

Et Lucie allait s'élancer vers la maison blanche, mais son père lui saisit le bras, et la retenant fortement :

« Tu vas la tuer en lui apprenant sans ménagement mon retour. Ces messieurs y sont ; va voir si c'est bientôt fait et quand il me sera permis de serrer contre mon cœur ta mère, ma Lucie, ma chère femme, une bonne et sainte femme, que j'ai bien pleurée, va. »

Lucie promit à son père d'être bien raisonnable, bien calme ; et, courant de toutes ses forces vers la maison, elle y entra toute haletante, mais si joyeuse, si éclatante de bonheur, que sa mère la regarda avec surprise.

« Maman, chère maman, dit Lucie en se jetant à son cou, que je suis contente, que je suis heureuse !

FEMME LECOMTE

Contente ? heureuse ?... Qu'y a-t-il donc ? »

Elle regarde avec inquiétude Lucie, qui ne peut retenir ses larmes, puis MM. de Rugès et de Traypi.

« Heureuse ! et tu pleures ? et ces messieurs me parlaient tout à l'heure de bonheur, de retour..., de...

Ah ! je crois comprendre ! On a des nouvelles !... des nouvelles... de ton père ! »

Lucie ne répondait pas ; elle embrassait sa mère, riait, pleurait.

FEMME LECOMTE

Mais réponds, réponds donc... Messieurs, par pitié, dites-moi... Lucie, parle. Ton père... ?

— Est près de toi, ma femme, ma Françoise ! » s'écria Lecomte qui avait suivi Lucie. Il s'était approché de la porte restée ouverte, il avait tout entendu, et, n'ayant pu contenir son impatience, il s'était élancé vers sa femme quand il la crut suffisamment préparée à le revoir. Il la saisit dans ses bras et poussa un cri d'effroi en la voyant pâle et inanimée.

« Je l'ai tuée, je l'ai tuée ! criait-il. Messieurs, ma Lucie, faites-la revivre. Sot animal que je suis de n'avoir pu attendre quelques instant encore ! Mais aussi, c'était trop fort ! Savoir sa femme à deux pas de soi et ne pouvoir l'embrasser après six ans d'absence, c'est trop pour la force d'un homme... Ma Françoise, ma chère femme, reviens à toi ; regarde-moi, parle-moi. C'est moi, ton mari. »

Lucie faisait sentir du vinaigre à sa mère, M. de Rugès la fit étendre par terre, et lui jeta quelques gouttes d'eau au visage. Lecomte, à genoux près d'elle, soutenait sa tête dans ses mains ; Lucie, à genoux de l'autre côté, frottait de vinaigre les tempes de sa mère et en mouillait ses lèvres. Peu d'instants après, Françoise ouvrit les yeux, regarda Lucie, lui sourit, puis, se sentant soutenue du côté opposé, elle tourna la tête, regarda son mari, et, faisant un effort pour se soulever, se jeta à son cou et sanglota.

« Elle pleure, il n'y a plus de danger, dit M. de Rugès. Nous sommes inutiles maintenant. Laissons-les à leur bonheur ; la présence d'étrangers ne pourrait que les gêner. »

Et, sans faire leurs adieux, ils sortirent de la maison blanche, fermant la porte après eux et emmenant les enfants, qui s'étaient groupés à l'entrée pour voir la scène de reconnaissance.

On parla peu au retour ; chacun était touché et attendri du bonheur de ces braves gens. Les événements si inattendus de la journée avaient vivement impressionné les enfants ; la rencontre de Lecomte avait presque fait oublier la vanterie et la poltronnerie de Léon. Sophie cherchait à rappeler ses souvenirs pour les raconter à ses amis : son naufrage, la perte de sa mère, de son oncle et de sa tante, de son cousin Paul qu'elle aimait comme un frère, les dangers qu'elle avait courus, le second mariage de son père, suivi de si près de la mort de ce dernier protecteur de son enfance, les mauvais traitements de sa belle-mère, tous ces événements se représentèrent si vivement à son souvenir, qu'elle ne comprit pas comment elle avait pu les oublier et n'avait jamais éprouvé le désir d'en parler.

En approchant du château, MM. de Rugès et de Traypi recommandèrent encore aux enfants de ne pas parler à Mme de Rosbourg du retour de Lecomte, avant qu'ils le lui aient appris eux-mêmes avec ménagement, de crainte du saisissement que pouvait occasionner cette espérance.

« Car, dit M. de Traypi, il est très possible que M. de Rosbourg et Paul aient pu s'échapper de leur côté, comme l'a fait Lecomte. D'après le peu qu'il m'a raconté, les sauvages qui les ont pris ne sont pas féroces, et ils sont heureux de pouvoir enlever des Européens, qui leur apprennent beaucoup de choses utiles à leur vie sauvage. »

Les enfants promirent de ne rien dire qui pût attrister ou émouvoir Mme de Rosbourg, et ils rentrèrent chez eux, Léon heureux d'échapper aux reproches de son père, tous les autres fort préoccupés des espérances que devait éveiller le retour de Lecomte.

Chapitre 6

Naufrage de Sophie

Quand les enfants purent se trouver seuls, ils demandèrent à Sophie de leur raconter son naufrage.

« Allons, dit Jacques, dans notre cabane, nous y serons bien tranquilles, personne ne nous dérangera, et nous ne craindrons pas que Mme de Rosbourg nous entende. »

Les enfants trouvèrent l'idée bonne et coururent tous à leur petit jardin. Jacques, qui avait couru plus fort que les autres, les reçut à la porte de sa cabane : chacun se plaça de son mieux, les uns sur les chaises et les tabourets, les autres sur la table et par terre. On avait installé Sophie dans un fauteuil, et elle commença au milieu d'un grand silence.

« J'étais bien petite, car j'avais à peine quatre ans, et j'avais tout oublié ; mais, à force de chercher à me rappeler, je me suis souvenue de bien des choses, et entre autres de la visite d'adieu que je vous ai faite avec mon pauvre cousin Paul, maman et ma tante d'Aubert.

CAMILLE

Ton papa était parti, je crois ?

SOPHIE

Il nous attendait à Paris. J'étais contente de partir, de voyager. Maman m'a dit que nous monterions sur un vaisseau. Je n'en avais jamais vu, ni Paul non plus. Puis, j'aimais beaucoup Paul, et j'étais bien, bien contente de ne pas le quitter. Je ne me rappelle pas ce que nous avons fait à Paris ; je crois que nous n'y sommes restés que quelques jours. Puis nous avons voyagé en chemin de fer ; nous avons couché dans une auberge à Rouen, je crois, et nous sommes arrivés le lendemain dans une grande ville qui était pleine de perroquets, de singes. J'ai demandé à maman de m'en acheter un ; elle n'a pas voulu.

« Je ne me rappelle pas trop ce qui arriva sur le vaisseau ; je me souviens seulement d'un excellent capitaine, qui était, à ce qu'il paraît, ton papa, Marguerite ; il était très bon pour moi et pour Paul aussi ; il nous disait qu'il nous aimait beaucoup, et que nous devrions bien rester avec lui et le prendre pour notre papa. Il y avait aussi ce matelot que j'ai reconnu, et qu'on appelait le Normand ; je ne savais pas du tout que son nom fût Lecomte. Tout le monde l'appelait le Normand. Le voyage dura très longtemps. Quand il pleuvait, c'était ennuyeux, parce qu'on était obligé de rester dans des chambres basses et étouffantes ; mais, quand il faisait beau, nous allions sur le pont, Paul et moi.

Comment, sur le pont ? Pourquoi y avait-il un pont sur ton vaisseau ?

Mais ce n'est pas un pont comme ceux qu'on fait sur une rivière. C'est le dessus du vaisseau qu'on appelle le pont, et l'on s'y promène.

Est-ce qu'il n'y avait pas de danger de tomber dans la mer ?

Non, aucun danger, parce qu'il y avait un grand rebord tout autour, comme un mur en bois, qui était plus haut que moi. »

« Depuis deux jours il faisait un vent terrible ; tout le monde avait l'air inquiet ; le capitaine ni le Normand ne s'occupaient plus de Paul ni de moi ; maman me tenait près d'elle ; ma tante d'Aubert gardait aussi Paul, quand tout à coup j'entendis un craquement affreux, et en même temps il y eut une secousse si forte, que nous tombâmes tous à la renverse. Puis j'entendis des cris horribles ; on courait, on criait, on se jetait à genoux. Papa et mon oncle coururent sur le pont, maman et ma tante les suivirent. Paul et moi, nous eûmes peur de rester seuls, et nous montâmes aussi sur le pont. Paul aperçut le capitaine, et s'accrocha à ses habits ; je me souviens que le capitaine avait l'air très agité ; il donnait des ordres. J'entendis qu'on criait : *Les chaloupes à la mer !* Le capitaine nous vit. Il me saisit dans ses bras, m'embrassa et me dit : « Pauvre petite, va avec ta maman. » Puis il embrassa Paul et voulut le renvoyer. Mais Paul ne voulait pas le lâcher. « Je veux rester avec vous, criait-il ; laissez-moi près de vous. »

« Je ne sais plus ce qui arriva. Je sais seulement que papa vint me prendre dans ses bras, et qu'il cria : « Arrêtez ! arrêtez ! la voici, je l'ai trouvée... » Il courait et il voulut sauter avec moi dans une chaloupe où étaient maman, ma tante et mon oncle, mais il n'en eut pas le temps : la chaloupe partit. Je criais : « Maman, maman, attendez-nous ! » Papa restait là sans dire un mot. Il était si pâle que j'eus peur de lui. Il est toujours resté pâle depuis, et il me faisait peur quand il me regardait de son air triste. Je n'ai pas oublié les cris de ma pauvre maman et de ma tante d'Aubert quand la chaloupe est partie. Je les entendais crier : « Sophie ! Paul ! mon enfant ! mon mari ! » Mais cela ne dura pas longtemps, car tout d'un coup une grosse vague vint les couvrir. J'entendis un affreux cri, puis je ne vis plus rien. Maman était disparue ; tous avaient été engloutis par la vague. Cette nuit, je me suis souvenue de tout cela.

JEAN

Pauvre Sophie ! Comment as-tu pu te sauver ?

115

Je ne sais pas du tout comment a fait papa ; le capitaine lui a parlé ; ils ont embrassé Paul tous les deux ; le capitaine a dit : « Je vous le jure ! » puis le Normand a aidé papa à descendre avec moi dans un énorme baquet qui était sur la mer. J'appelais Paul, et je pleurais ; je voyais mon pauvre Paul qui pleurait aussi, et le capitaine qui le tenait dans ses bras et l'embrassait. Puis les vagues nous ont entraînés. Je me suis endormie, et je ne me souviens plus bien de ce qui est arrivé. Papa me donnait de l'eau qu'il avait dans un petit tonneau, et du biscuit ; je dormais, car je m'ennuyais beaucoup. Papa pleurait ou restait triste et pâle, sans parler. Un jour, je me suis trouvée, je ne sais pas comment, sur un autre vaisseau. Papa a été malade ; je m'ennuyais, j'étais triste de ne pas voir maman et mon cher Paul. Depuis, papa m'a dit que ce pauvre Paul avait été noyé avec le capitaine et le Normand, parce qu'ils étaient restés sur le vaisseau, qui s'était perdu en cognant contre un rocher. D'après ce que nous a dit le Normand, j'espère que Paul et le bon capitaine se sont sauvés comme papa et moi. »

Sophie pleurait en terminant l'histoire de son naufrage ; tous ses amis pleuraient aussi.

LÉON

Mais tout cela ne nous explique pas pourquoi tu t'appelles Fichini au lieu de Réan.

J'ai oublié beaucoup de choses, parce que papa m'a défendu de jamais lui parler de ce naufrage, de pauvre maman, et de ne lui faire aucune question sur son mariage avec ma belle-mère. Mais, en rappelant mes souvenirs, voici que que j'ai trouvé : quand nous sommes arrivés en Amérique, où nous allions, nous avons été demeurer chez un ami de papa, M. Fichini, qui était mort ; mais j'ai entendu parler devant moi d'un testament par lequel il laissait à papa et à ma tante d'Aubert toute sa fortune, à condition qu'il prendrait son nom, et qu'il garderait chez lui et n'abandonnerait jamais une orpheline que M. Fichini avait élevée. Papa était si triste qu'il ne s'occupait pas du tout de moi. Cette orpheline, qui s'appelait Mlle Fédora, soignait beaucoup papa et me témoignait aussi beaucoup d'amitié. Quelque temps après, papa l'a épousée, et alors elle a changé tout à fait de manières ; elle avait des colères contre papa, qui la regardait de son air triste, et qui s'en allait. Avec moi elle était aussi toute changée ; elle me grondait, me battait. Un jour, je me suis sauvée près de papa ; j'avais les bras, le cou et le dos tout rouges des coups de verges qu'elle m'avait donnés. Jamais je n'oublierai le visage terrible de papa quand je lui dis que c'était ma belle-mère qui m'avait battue. Il sauta de dessus sa chaise, saisit une cravache qui était sur la table, courut chez ma belle-mère, la saisit par le bras, la jeta par terre, et lui donna tant de coups de cravache, qu'elle hurlait plutôt qu'elle ne criait. Elle avait beau se débattre, il la maintenait avec une telle force d'une main pendant qu'il la battait de l'autre, qu'elle ne pouvait lui échapper. Quand il la laissa se relever, elle avait un air si méchant, qu'elle me fit peur.

« Tous les coups que vous m'avez donnés, s'écria-t-elle, je les rendrai à votre fille.

« — Chaque fois que vous oserez la toucher pour la maltraiter, je vous cravacherai comme je l'ai fait aujourd'hui, madame », répondit papa.

« Il sortit, m'emmenant avec lui. Quand il fut dans sa chambre, il me prit dans ses bras, me couvrit de baisers, pleura beaucoup, me répéta plusieurs fois : « Pardonne-moi, mon enfant, ma pauvre Sophie, de t'avoir donné une pareille mère !... Oh ! ... pardonne-moi ; je la croyais bonne et douce ; je croyais qu'elle te rendrait heureuse ; qu'elle t'aimerait comme t'aimait ta pauvre maman. Elle me le disait. Pourquoi l'ai-je crue ? Je me sentais mourir, et je ne voulais pas te laisser seule dans ce monde. » Et il recommençait à m'embrasser et à pleurer. Je pleurais aussi : il m'essuya les yeux avec ses baisers, et me dit qu'il allait s'occuper de me placer chez une de ses amies qui était très bonne et qui me rendrait heureuse.

« Mais, ajouta Sophie en pleurant, dans la nuit il fut pris d'un vomissement de sang, à ce que m'ont dit les domestiques, et il mourut le lendemain, me tenant dans ses bras et me demandant pardon.

« Depuis ce malheureux jour, continua Sophie après quelques minutes d'interruption et de larmes, vous ne pouvez vous figurer combien je fus malheureuse. Ma belle-mère tint la promesse qu'elle avait faite à papa, et me battit pour la moindre faute avec

118

une telle cruauté, que tous les jours j'avais de nouvelles écorchures, de nouvelles meurtrissures.

CAMILLE, *l'embrassant.*

Oui, ma pauvre Sophie, deux fois nous avons été
témoins de la méchanceté de ta belle-mère, et c'est
une des raisons qui nous ont attachées à toi.

JEAN

Cette méchante femme ! Si je la voyais, je l'as-
sommerais ! Je suis enchanté que ton papa l'ait si
bien cravachée ; elle l'avait bien mérité.

SOPHIE

Oui, mais elle me l'a bien fait payer, je t'assure.

MADELEINE

Et que faisais-tu toute la journée ?

SOPHIE

Je m'ennuyais ; je pleurais souvent. Dans les commencements, je causais avec les domestiques, qui
avaient pitié de moi, je leur parlais de pauvre maman
et de pauvre papa. Mais elle a su que les domestiques m'aimaient, qu'ils me donnaient des douceurs,
qu'ils cherchaient à me consoler et que je leur parlais de papa et de maman ; elle les a tous fait venir
et leur a dit que le premier qui me parlerait ou me
donnerait quelque chose serait chassé le jour même ;
et, quand elle les eut renvoyés, elle me fit voir un
paquet de verges, plus grosses encore que celles dont

119

elle se servait habituellement, et me dit que chaque fois que je parlerais de papa ou de maman, ou de mon passé, elle me fouetterait à me faire saigner ; et, pour me faire voir, dit-elle, la bonté de ses verges, elle me fouetta tellement que j'étais enrouée à force de crier. « Allez, mademoiselle, me dit-elle, allez vous plaindre à votre papa à présent. »

L'indignation des enfants était à son comble ; les uns pleuraient, les autres entouraient Sophie, l'embrassaient, lui promettaient de l'aimer toujours, pour la dédommager des malheurs de sa première enfance. Sophie les remerciait, leur rendait leurs caresses et leur amitié.

« Ce qui m'étonne, dit-elle à Camille et à Madeleine, c'est que vous ne m'ayez jamais parlé de maman, de papa, ni de Paul.

CAMILLE

Tu sais que nous ne te voyions pas bien souvent. Nous savions bien que vous étiez tous partis, mais, ne te voyant plus, nous n'y avons plus pensé. Je me souviens qu'une fois maman nous a dit : « Vous allez bientôt revoir votre petite voisine Sophie ; elle s'appelle maintenant Fichini au lieu de Réan ; mais ne lui parlez jamais ni de son papa ni de sa maman, qui sont morts, ainsi que son cousin, sa tante et son oncle. Elle a une belle-mère avec laquelle elle vit et qui doit nous l'amener un de ces jours. » C'est pourquoi nous ne t'en avons jamais parlé, et j'avoue que je n'y ai même plus pensé, puisque je ne devais pas en parler.

120

Mais toi-même, pourquoi ne nous as-tu jamais raconté tout cela depuis trois ans que nous sommes ensemble ?

SOPHIE

À force de n'en pas parler, je n'y ai plus pensé, et je l'avais pour ainsi dire oublié. La vue du Normand et le peu qu'il m'a raconté ont tout rappelé à ma mémoire ; je me suis souvenue de ce que j'avais si bien oublié. Même tout à l'heure, en vous racontant mon naufrage et le mariage de papa, beaucoup de choses me sont revenues, et à présent je crois voir ce bon capitaine embrassant Paul qui pleurait et lui tenait les mains, et le visage pâle et désolé de mon pauvre papa. Je crois entendre les cris de maman et de ma tante quand la chaloupe s'est éloignée et puis quand elle s'est enfoncée dans la vague. Un autre souvenir qui m'est revenu aussi depuis que j'ai vu le Normand, c'est la mort de papa et la scène de la veille. C'est singulier qu'on puisse si bien oublier pendant des années ce dont on se souvient si clairement après. »

Le récit de Sophie avait été long ; on s'étonnait au salon de leur absence. M. de Rugès avait profité de ce temps pour préparer Mme de Rosbourg à revoir Lecomte et à accueillir l'espoir du retour du commandant de Rosbourg, retour presque miraculeux, sans doute, mais enfin possible, comme celui de Lecomte. Après deux heures de larmes et d'agitation, entremêlées d'espérance et de bonheur, elle pria

M. de Rugès de lui amener le lendemain le Normand dans son salon particulier ; elle voulait le voir seule, lui parler sans témoins. Quand les enfants rentrèrent, elle vit qu'ils avaient tous pleuré, elle appela Marguerite, la serra contre son cœur et lui dit :

« Tu sais ?... tu sais que ton cher papa peut revenir encore ? Viens avec moi, mon enfant ; viens à l'église prier Dieu pour ton père et lui demander de nous le rendre.

SOPHIE

Me permettez-vous de vous accompagner, madame ? Je prierai aussi pour ce bon commandant qui m'aimait et pour mon pauvre Paul ! »

Mme de Rosbourg ne lui répondit qu'en l'embrassant tendrement et en lui prenant la main pour l'emmener. Tous les enfants demandèrent à joindre leurs prières à celles de Mme de Rosbourg. Mme de Fleurville, qui accompagnait son amie, y consentit, et tous allèrent à l'église prier pour le retour des pauvres naufragés. Quand ils en sortirent, ils avaient la ferme conviction que leurs prières seraient exaucées, tant elles avaient été ferventes et pleines de confiance en la bonté de Dieu.

Au retour, ils trouvèrent M. de Traypi faisant sa malle.

« Je pars pour Paris, dit-il. Je veux aller au ministère de la Marine ; peut-être y apprendrai-je quelque nouvelle. Je leur dirai le retour de Lecomte et la captivité de M. de Rosbourg et du petit Paul. Qui sait, peut-être aurai-je de bonnes nouvelles à vous donner.

— Que vous êtes bon et que je vous remercie, mon ami ! dit Mme de Rosbourg les larmes aux yeux. Le bon Dieu me protège puisqu'il me donne des amis tels que vous. Puisse-t-il me protéger jusqu'à la fin et me rendre mon cher mari ! »

Le lendemain, de bonne heure, on frappait doucement à la porte de Mme de Rosbourg.

« Entrez », dit-elle d'une voix émue.

La porte s'ouvrit ; Lecomte entra ; il osait à peine lever les yeux sur Mme de Rosbourg, qui, pâle et tremblante, s'avançait pourtant avec rapidité vers lui. Elle voulut lui parler, l'interroger ; les larmes lui coupèrent la parole ; elle prit les grosses mains rugueuses de Lecomte et les serra dans les siennes.

LECOMTE

Madame, ma chère dame, je devrais être à vos pieds pour vous remercier de tout ce que vous avez fait pour ma femme et mon enfant ! »

Tout en parlant, il l'avait respectueusement soutenue et placée sur un fauteuil. Mme de Rosbourg sanglotait.

« Pardonnez-moi... cette faiblesse..., dit-elle d'une voix entrecoupée par ses sanglots. La vue de l'ami dévoué, du compagnon de mon mari, m'a ôté tout courage. Mais... je saurai me vaincre..., ayez patience..., quelques minutes encore... et je pourrai vous interroger, savoir de vous quelles doivent être mes craintes, quelles peuvent être mes espérances.

Oh ! ne vous gênez pas, ma bonne chère dame ! Je vous regarderai pleurer ; ça me fera du bien. Vrai, ça me fait plaisir de vous voir pleurer ainsi mon brave commandant ; et après tant d'années encore. Vous êtes une brave dame, allez ; tout à fait digne de lui. Ce pauvre cher homme ! Lui aussi, il pleurait en parlant de vous et de sa petite. Il s'en cachait, mais je l'ai vu souvent essuyer ses yeux quand il parlait de vous deux. Ah ! c'est qu'il ne lui était pas facile de se cacher de moi. Je l'aimais tant, que je ne le perdais jamais de l'œil. Quand ces satanés sauvages m'ont embarqué dans leur satanée barque, je leur en disais des injures, tout garrotté que j'étais. Mon pauvre commandant ! Faut-il qu'ils me l'aient enlevé sans que j'aie pu seulement couper bras, jambes et têtes pour le délivrer ! »

Ce discours donna à Mme de Rosbourg le temps de se remettre. Après avoir affectueusement remercié Lecomte de son attachement pour M. de Rosbourg, elle l'interrogea sur tous les détails de leur naufrage, de leur débarquement, de leur prise par les sauvages, de leur séparation, M. de Rosbourg et Paul ayant été gardés par une bande de ces sauvages, tandis que Lecomte se trouvait emmené par une autre bande. Après l'avoir entendu pendant deux heures et avoir causé avec lui de toutes les chances probables de l'évasion de M. de Rosbourg, elle conçut l'espoir fondé de l'existence de son mari et de son retour.

« Merci, mon brave Lecomte, lui dit-elle en le congédiant. Jamais je ne pourrai assez vous témoigner ma reconnaissance de l'attachement, du dévouement que vous avez montrés à mon mari. Je suis doublement heureuse d'avoir pu être utile à votre digne femme et à votre excellente Lucie.

— Pardon, si j'interromps madame, s'écria vivement Lecomte. Utile ! vous appelez cela utile ? Mais vous avez été une providence pour elles ; vous les avez sauvées de la mort, tirées de la misère ; vous les avez soutenues, nourries ; vous avez fait apprendre un état à ma Lucie ; vous avez été leur sauveur et le mien. Oh ! chère dame, à moi, oui, à moi, à vous honorer comme une providence, à vous remercier à deux genoux. »

Et, en achevant ces mots, Lecomte se jeta à genoux devant Mme de Rosbourg et baisa le bas de sa robe. Mme de Rosbourg, attendrie, lui prit les mains et les lui serra. En se relevant, il osa y poser ses lèvres. Effrayé de sa hardiesse, il leva les yeux vers Mme de Rosbourg, qui souriait en lui faisant un signe d'adieu amical. Il sortit, ému et heureux.

Chapitre 7

Nouvelle surprise

M. de Traypi était parti depuis deux jours ; on attendait avec impatience son retour, ou tout au moins une lettre de lui. Pendant ces deux jours, Mme de Rosbourg et Marguerite, suivies de toute la bande d'enfants, avaient été matin et soir passer quelques heures à la maison blanche. Mme de Rosbourg avait fait faire un habillement complet à Lecomte et avait donné à Françoise l'argent nécessaire pour le monter en linge, chaussures et vêtements. Elle aimait à voir les visages radieux de Françoise, de Lucie et de Lecomte, depuis leur réunion ; elle espérait de la bonté de Dieu pour elle-même un pareil bonheur. Elle ne cessait de questionner Lecomte sur son mari, sur son naufrage, sur ses chances de salut et de retour. Lecomte, heureux de parler de son commandant, racontait sans jamais se lasser, et ne permettait pas même à sa femme de l'interrompre. Lucie jouait pendant ce temps avec les enfants, leur montrait à tresser des paniers avec des joncs, à faire des colliers et des bracelets avec des coquilles de noisettes ou des glands évidés et découpés à jour. Ils aidaient Lucie à bêcher et arroser le jardin, à cueillir les fraises, les groseilles, les framboises. Marguerite s'échappait souvent pour dire un mot d'amitié à Lecomte, pour écouter ce qu'il disait de son papa, dont elle n'avait aucun souvenir, mais qu'elle aimait à force d'en avoir entendu parler à sa maman. Lecomte baisait les petites mains de Marguerite, quelquefois même il baisait ses belles boucles noires ou ses joues roses et potelées.

« Mon pauvre commandant, disait-il en soupirant, serait-il heureux de vous revoir ! »

L'après-midi du troisième jour, Mme de Rosbourg et les enfants rentraient, après avoir passé deux heures chez Lecomte et Françoise. En approchant du perron, elle crut reconnaître M. de Traypi. Impatiente de savoir s'il lui rapportait des nouvelles de son mari, elle hâta le pas, et, montant rapidement les marches du perron, elle se heurta contre... M. de Rosbourg lui-même. Tous deux poussèrent ensemble un cri de bonheur ; Mme de Rosbourg tomba dans les bras de son mari en sanglotant et en remerciant Dieu. Elle ne pouvait croire à son bonheur. Elle embrassait son mari ; elle le regardait pour s'assurer que c'était bien lui ; son cœur débordait de joie. Après les premiers instants de joyeux saisissement, M. de Rosbourg, sans quitter sa femme, regarda les enfants groupés autour d'eux et chercha à reconnaître sa petite Marguerite ; ses yeux s'arrêtèrent sur Sophie.

« Sophie ! s'écria-t-il. Je ne me trompe pas ; c'est bien Sophie de Réan. Pauvre enfant ! comment est-elle ici ? Mais, ajouta-t-il, Marguerite ! ma petite Marguerite ! N'est-ce pas cette petite brune si gentille, qui me regarde d'un air tendre et craintif ? »

Marguerite, pour toute réponse, se jeta dans les bras de son père, qui l'embrassa tant et tant que ses joues en étaient cramoisies.

Quand il eut recommencé cent et cent fois à embrasser sa femme et son enfant, il s'avança vers Sophie, et, la prenant dans ses bras, il l'embrassa deux ou trois fois.

« Pauvre petite ! dit-il. Quels affreux souvenirs elle me rappelle ! Où est son père ? Par quel hasard se trouve-t-elle avec vous ?

— Mon bon commandant, répondit Sophie, je vous expliquerai tout cela. Mon pauvre papa est mort il y a longtemps, ajouta-t-elle en baissant la voix et en essuyant une larme ; mais Paul, mon cher Paul, où est-il ? Vit-il encore ?

M. DE ROSBOURG

Paul est un grand et beau garçon, ma chère enfant ; il est ici ; il déballe et range nos affaires.

SOPHIE

Oh !... que je voudrais le voir, ce cher Paul ! Dans quelle chambre est-il, que je coure le chercher ?

Près de celle de ma femme ; c'est celle qu'on m'a donnée et où Paul a monté mes effets. »

Sophie courut à cette chambre ; on entendit des cris de joie, des gambades, des rires, et bientôt on vit accourir Sophie entraînant Paul, un peu honteux de se trouver en présence de tous ces visages inconnus.

« Viens, mon garçon, lui cria M. de Rosbourg, ce ne sont pas des sauvages ; pas de danger à courir, va ! D'ailleurs tu es homme, toi, à aller en avant et jamais en arrière. En avant donc et embrasse tes amis. Voici ma femme d'abord, puis ma petite Marguerite, puis... Ma foi, je ne connais pas les autres, mais comme nous sommes en pays ami, embrassons-les tous pour faire connaissance ; ils diront leurs noms après. »

La mêlée fut générale ; tout le monde s'embrassait en riant. La belle et aimable figure de M. de Rosbourg avait déjà séduit les enfants ; l'air déterminé de Paul, sa taille élevée, son apparence vigoureuse, sa figure intelligente et bonne, disposèrent en sa faveur les cœurs des enfants. M. de Rosbourg se retira en riant, avec sa femme ; Sophie présenta Paul à tous ses amis.

« Voici d'abord Marguerite, la fille de notre bon capitaine ; c'est elle qui est la plus jeune et avec laquelle je me suis le plus amusée et disputée ; nous te raconterons tout cela. Voici mes chères amies Camille et Madeleine, si bonnes, si bonnes, qu'on les appelle les petites filles modèles. Voici notre ami Jacques de Traypi, un petit malin, mais bien bon.

Voici Jean de Rugès, qui a douze ans comme toi et qui fera la paire avec toi pour le courage et la bonté. Voici enfin son frère, qui s'appelle Léon et qui est notre aîné à tous ; il a treize ans. »

Paul ne tarda pas se mettre à l'aise avec ses nouveaux amis. Sophie l'accablait de questions sur ce qui lui était arrivé ; il promit de tout raconter quand on serait un peu plus posé. Il parla de M. de Rosbourg avec une tendresse et une reconnaissance qui touchèrent Marguerite jusqu'aux larmes.

MARGUERITE

Comme vous aimez papa, monsieur Paul ! Alors je vous aimerai bien aussi.

PAUL

Si vous m'aimez, Marguerite, vous m'appellerez Paul tout court et pas monsieur.

MARGUERITE

Oh ! je ne demande pas mieux, et, quand nous nous connaîtrons bien, demain par exemple, nous nous tutoierons : c'est si gênant de dire *vous* !

PAUL

Tout de suite, si tu veux, Marguerite ; d'abord je te connais beaucoup ; car ton papa me parlait bien souvent de toi.

MARGUERITE

Et Sophie ne m'a jamais parlé de toi.

130

PAUL

Comment, Sophie, tu m'avais oublié ?

SOPHIE, *tristement.*

Oublié, non, mais tu dormais dans mon cœur, et je n'osais pas te réveiller. Je t'avais cru mort, et puis j'ai été si malheureuse que je suis devenue égoïste et je n'ai pensé qu'à moi ; j'ai perdu l'habitude de penser au passé et à ceux qui m'avaient aimée.

JEAN

Ne croyez pas ce qu'elle dit, Paul ; Sophie est bonne et très bonne, elle dit toujours du mal d'elle-même. Pauvre Sophie, elle vous racontera ses trois années de malheur. »

Jacques s'avança vers Paul, et, se mettant sur la pointe des pieds pour l'embrasser, il lui dit :

« Je vois dans tes yeux que tu seras mon ami ; tu aimeras bien ma petite amie Marguerite, n'est-ce pas ? Nous la protégerons à nous deux quand elle en aura besoin. »

Paul embrassa Jacques en souriant et lui promit d'être son ami dévoué et celui de Marguerite.

Léon ne disait rien ; il semblait piqué de ce que Sophie n'avait ajouté aucune réflexion aimable en le nommant. Il se laissa pourtant embrasser par Paul. Camille et Madeleine souriaient et attendaient, pour faire plus ample connaissance avec ce dernier, que le temps eût augmenté leur intimité.

Bientôt on entendit sonner le dîner ; chacun s'apprêta à se rendre au salon. Mme de Rosbourg y entra

131

radieuse, appuyée sur le bras de son mari, qui tenait sa petite Marguerite par la main.

La joie, le bonheur étaient sur tous les visages ; Sophie et Paul avait mille choses à se demander. Sophie parla tant et tant, qu'à la fin de la journée elle lui avait raconté tous les événements importants de sa vie depuis leur séparation. Les enfants firent promettre à Paul de leur raconter à tous ensemble ce qui lui était arrivé depuis le naufrage. M. de Rosbourg fit la même promesse à ces dames et à ces messieurs.

SOPHIE

Mais, dis-moi, Paul, comment et avec qui es-tu arrivé ici, à Fleurville ?

PAUL

Avec M. de Traypi, que le commandant a trouvé au ministère comme il y arrivait lui-même pour annoncer son retour et expliquer sa longue absence. Nous étions à Paris depuis une demi-heure, le commandant très impatient de revoir sa femme et Marguerite, qu'il ne savait trop où chercher ni où trouver, et moi très tranquille, parce que je n'imaginais pas tu fusses en vie et encore moins ici. Je croyais que tu avais dû périr avec ton papa, dans cette vilaine caisse où on t'avait mise par une tempête si affreuse et avec des vagues hautes comme des maisons.

132

SOPHIE

Je t'avais cru mort aussi. C'est par le Normand que je t'ai su vivant et chez les sauvages.

PAUL

Le Normand ! Tu as vu le Normand ? Quand ? Où cela ? Où est-il ? que j'embrasse ce brave homme si bon, si dévoué ! Nous l'avons bien regretté, et nous pensions que les sauvages l'avaient tué.

SOPHIE

Il y a trois jours seulement que le Normand est revenu, après s'être échappé de chez les sauvages et après vous avoir cherchés et attendus pendant quatre ans. Nous l'avons rencontré, par hasard, dans la forêt.

PAUL

Brave homme ! que je serai content de le revoir !

MARGUERITE

Nous irons le voir demain et nous lui annoncerons le retour de papa ; il en sera aussi heureux que nous, car il l'aime !... il l'aime ! autant que maman et moi.

JACQUES

Et après, tu nous raconteras tes aventures. Tu es resté cinq ans chez les sauvages ?

Tu le sauras demain, et bien d'autres choses encore. Il est trop tard pour commencer.

— Mes enfants, dit Mme de Fleurville, il est tard ; votre nouvel ami Paul doit être fatigué...

M. DE ROSBOURG, *interrompant.*

Paul fatigué ! Il en a fait bien d'autres avec moi ! Nous avons passé des nuits et des jours à travailler, à marcher, à veiller. Il est maintenant robuste comme un vrai marin.

— Mais les nôtres, qui n'ont pas eu comme lui l'avantage d'une si terrible éducation, cher commandant, répondit en souriant Mme de Fleurville, ont vraiment besoin de repos. Tous ont pris une part si vive au bonheur de Marguerite, qu'ils ont comme elle besoin d'une bonne nuit pour se remettre. Demain ils seront de force à lutter avec Paul. »

M. de Rosbourg ne répondit que par un salut gracieux, et, attirant à lui Marguerite et Sophie, il les embrassa avec tendresse.

« Oh ! papa, dit Marguerite en serrant ses bras autour de son cou, que c'est ennuyeux de vous quitter et de me coucher !

— Je vais prolonger la soirée en te montant jusque chez toi, mon enfant », répondit M. de Rosbourg.

Et, la prenant dans ses bras, il l'emporta jusque dans sa chambre, à la grande joie de Marguerite qui répétait en l'embrassant :

« Oh ! que c'est bon un papa ! Maman avait bien raison.

En quoi avait raison ta maman ? Que disait-elle ?

— Maman disait que vous étiez le plus beau et le meilleur des hommes ; que sans moi elle mourrait de chagrin ; qu'elle ne pouvait pas être heureuse sans vous, et beaucoup d'autres choses encore. Et puis elle pleurait si souvent et si fort, que je pleurais quelquefois aussi ; alors elle essuyait ses yeux, elle souriait et m'embrassait. »

Tout en causant, Marguerite s'était déshabillée.

MARGUERITE

À présent, papa, je vais faire ma prière ; voulez-vous la faire avec moi ?

M. DE ROSBOURG

Oui, je le veux, mon enfant chéri. Prions ensemble et remercions Dieu. »

Et, passant son bras autour de sa petite Marguerite, il se mit à genoux près d'elle et récita avec elle le *Pater*, l'*Ave*, et le *Credo*. Elle ajouta ensuite :

« Mon Dieu, je ne vous prie plus pour le retour de mon cher papa, puisque vous me l'avez rendu ; mais je vous remercie du bonheur que vous nous avez donné à tous les trois. Faites, mon Dieu, que, pour vous en remercier, je sois toujours bonne et sage, et que je fasse le bonheur de ce cher papa et de ma pauvre maman qui a tant pleuré. »

En finissant, elle se jeta au cou de son père, qui, vaincu par son émotion, la serra dans ses bras et la couvrit de baisers en sanglotant. Marguerite effrayée lui demanda :

« Papa, cher papa, qu'avez-vous ? Pourquoi pleurez-vous ainsi ?

— Mon enfant, ma Marguerite chérie, c'est le bonheur qui fait couler mes larmes ; c'est la joie, la reconnaissance envers Dieu qui m'a ramené près de vous pour jouir d'un bonheur presque trop grand pour ce monde. Mon Dieu, être si heureux après tant d'années de désolation ! »

Et, posant Marguerite dans son lit, il se remit à genoux près d'elle et pria, la tête appuyée sur la main de son enfant ; quand il releva son visage baigné de larmes, elle était endormie. Il essuya la main humide de Marguerite, baisa son joli front blanc et pur, lui donna sa bénédiction paternelle, et sortit en se retournant plus d'une fois pour regarder cette charmante petite dormant si paisiblement et si gracieusement.

Chapitre 8

La mer et les sauvages

Le lendemain on se réunit plus tôt que d'habitude. Les enfants firent honneur à un premier déjeuner, que Paul mangea avec délices, s'extasiant sur la bonté du lait, l'excellence du beurre normand ; il retrouvait en chaque chose des souvenirs d'enfance, et il regardait avec bonheur et reconnaissance son cher commandant qui lui tenait lieu de père. L'excellent M. de Rosbourg, non moins heureux que Paul, répondait à ses regards par un sourire affectueux. Devinant un peu d'inquiétude dans les yeux de Paul :

« Ne crains pas que je te plante là, mon garçon, lui dit-il. Nous sommes de vieux compagnons et nous resterons bons amis. Tu es mon fils, tu le sais ; n'ai-je pas promis à ton pauvre oncle de Réan d'être ton père ? Au lieu d'un enfant j'en aurai deux : c'est une nouvelle bénédiction du bon Dieu quand on les a de premier choix comme toi et ma petite Marguerite. »

On sortait de table ; Paul et Marguerite saisirent chacun une main du commandant et la couvrirent de baisers. Il en rendit un à Paul, une douzaine à Marguerite ; il fit un signe de tête amical à Sophie, et il offrit le bras à Mme de Fleurville pour la ramener au salon. La journée se passa à faire connaissance ; on mena Paul voir toute la maison, le potager, la ferme, les écuries, le parc, le village, le petit jardin et les cabanes. Puis on alla faire tous ensemble une visite à Lecomte. En apercevant son commandant, il faillit tomber à la renverse. M. de Rosbourg lui témoigna une grande amitié et lui promit de revenir le voir et de s'arranger de façon à l'avoir toujours près de lui. Après le dîner les enfants demandèrent à Paul de leur raconter ses aventures. Tout le monde se groupa autour de lui, et il commença ainsi :

« Sophie vous a raconté notre naufrage ; mais elle ne sait comment il s'est fait qu'elle et moi nous soyons restés sur le vaisseau qui allait périr ; M. de Rosbourg me l'a expliqué depuis. Quand papa, maman, mon oncle et ma tante sont montés sur le pont, nous laissant en bas dans la chambre, on avait déjà mis à la mer les chaloupes ; le commandant, voyant le vaisseau prêt à s'engloutir, fit partir le plus de monde possible sur la première chaloupe et ordonna à ses gens d'enlever les personnes qui restaient et de les sauver de gré ou de force en les faisant passer sur la seconde chaloupe. Des matelots enlevèrent maman et ma tante malgré leurs cris. Papa et mon oncle voulaient aller nous chercher ; on leur dit que nous étions déjà embarqués. Dans le tumulte et la frayeur d'un naufrage, c'était vraisemblable. On les jeta dans la chaloupe, où ils trouvèrent maman et ma tante, qui nous appelaient à grands cris. Papa voulut s'élancer sur le vaisseau, on le retint de force ; mon oncle cria : « Attendez-moi ! » et remonta sur le bâtiment. Il ne me vit pas ; j'étais derrière le commandant ; mais il aperçut Sophie, il la saisit dans ses bras et courut à la chaloupe ; on avait déjà coupé la corde qui la retenait au vaisseau, et, sans écouter ses supplications et les cris de ma pauvre tante, ils s'éloignèrent. Leur chaloupe, trop chargée, fut presque immédiatement engloutie par une vague énorme, avant que mon oncle la perdît de vue. Alors mon oncle voulut au moins me sauver ainsi que Sophie ; il me demanda au commandant, qui lui représenta l'imprudence de se risquer tous ensemble sur une planche ou un morceau de mât brisé. Le Normand proposa de mettre à la mer un grand baquet où mon oncle pourrait tenir avec Sophie. « Et Paul ! dit mon oncle : je ne partirai pas sans Paul. » Comprenant enfin que, s'il me prenait avec lui, le baquet ne pourrait plus supporter le poids, il consentit à me confier au commandant, qui lui jura qu'il ferait tous ses efforts pour me sauver, qu'il me soignerait et m'aimerait comme si j'étais son propre fils. Mon oncle partit avec Sophie ; je pleurais, car je croyais bien qu'ils allaient s'engloutir comme les chaloupes. Le bon Normand et M. de Rosbourg ne perdirent pas de temps pour faire un radeau, sur lequel le Normand mit un petit tonneau d'eau et des provisions ; il passa une hache à sa ceinture et à celle du commandant, pensa aux rames, à la boussole, et je me trouvai sur le radeau, dans les bras du commandant. Il regardait son pauvre vaisseau d'un air aussi triste que mon oncle m'avait regardé en me quittant ; et, quand le vaisseau acheva de se briser et fut enlevé par les vagues, je vis pour la première fois des larmes dans les yeux de mon cher commandant. Il se détourna, passa le dos de sa main sur ses yeux et reprit tout son courage. Je ne voyais plus le baquet de mon oncle ; les vagues étaient trop hautes. Pendant que le Normand ramait, M. de Rosbourg me posa sur ses genoux en me disant : « Dors, mon garçon, dors sur les genoux de ton père, tu seras à l'abri des vagues ; appuie ta tête sur ma poitrine. » Je craignais de le fatiguer ; il me prit la tête et l'appuya de force sur son épaule. Je ne voulais pas m'endormir, mais je ne sais comment il arriva que cinq minutes après je dormais profondément. Je m'éveillai au jour ; ce bon M. de Rosbourg n'avait pas bougé pour ne pas m'éveiller, et, craignant que je n'eusse froid, il m'avait couvert avec son habit. En lui prenant les mains, je sentis qu'elles étaient raides de froid. Je le priai de remettre son habit, l'assurant que j'avais bien chaud.

« Au fait, dit-il, voici le soleil qui commence à chauffer ; la lune était moins agréable, n'est-ce pas, le Normand ? Cette diable de lune ne donne pas beaucoup de chaleur. »

« Et, me posant sur le radeau, il reprit son habit et le remit non sans quelque peine sur ses épaules glacées.

Tu exagères, mon garçon ; tu me fais meilleur que je ne suis ; la nuit avait été froide, mais pas autant que tu le dis.

PAUL

Je ne dis que la vérité, mon père. Quant à vous faire meilleur que vous n'êtes, ce serait bien difficile, pour ne pas dire impossible. »

Tout le monde ayant applaudi des mains et de la voix, M. de Rosbourg se leva en riant, salua de tous côtés, embrassa sa femme, Marguerite et Sophie, serra les mains de Paul et revint s'asseoir en disant :

« Je rends la parole à l'orateur ; les interruptions sont défendues. »

Paul reprit en souriant :

« Ce qui me fait rire maintenant me semblait bien triste alors. Je me voyais orphelin, séparé pour toujours de ceux qui m'aimaient et que j'aimais ; je n'espérais pas revoir Sophie ni mon oncle, et je me trouvais sur un misérable radeau, confié à la bonté de mon cher commandant, qui pouvait à chaque minute se trouver englouti avec moi au fond de la mer.

M. DE ROSBOURG

Il est certain que la position n'était pas gaie.

PAUL

Le vent nous poussait vers la terre ; mais nous eûmes de la peine à aborder, parce qu'il y avait des rochers ; sur ces rochers, les vagues venaient se briser et il fallut toute l'habileté de M. de Rosbourg et du brave Normand pour que notre pauvre petit radeau ne fût pas mis en pièces. Enfin il entra dans une eau tranquille. Le Normand redoubla d'efforts avec ses rames, et nous nous trouvâmes sur le sable. Le commandant me prit dans ses bras et me porta sur le rivage à l'abri des vagues. Le Normand roula à terre le tonneau d'eau et le peu de provisions qu'il avait pu emporter sur le radeau. Il se mit à genoux près du commandant pour remercier le bon Dieu de nous avoir sauvés ! Je priais pour mes pauvres parents, pour toi, Sophie, et pour mon oncle, et je ne pus m'empêcher de pleurer en pensant aux dernières heures que nous avions passées sur la *Sibylle* et à ceux que je ne reverrais plus jamais, jamais. Le commandant me serra contre son cœur et me dit : « Paul, tu es mon fils ! je suis ton père, le seul qui te reste en ce monde ; et je jure que je serai ton père tant que je vivrai. » Il a bien tenu parole, ce bon et cher père ; vous le verrez bien par la suite de mon histoire.

M. DE ROSBOURG

Paul, mon ami, tu racontes mal ; pourquoi diable vas-tu parler de moi quand nous étions trois sans abri, presque sans nourriture, et que tes amis attendent pour savoir comment le bon Dieu nous a tirés de là ?

PAUL

Non, mon père, je raconte bien, car c'est mon cœur qui parle, et je serais un ingrat si je taisais toutes vos bontés pour moi.

142

— Papa, dit Marguerite en se jetant à son cou, vous avez interrompu ; vous devez être mis à l'amende.

— C'est juste, dit M. de Rosbourg en l'embrassant ; que faut-il que je fasse pour ma pénitence ?

— Il faut que vous laissiez Paul parler de vous comme il l'entend et sans l'interrompre.

M. DE ROSBOURG, *riant.*

Diable ! La pénitence est rude ! Mais c'est toi qui me la donnes ; je me soumets. Parle, mon garçon, parle ; ménage-moi, je t'en prie.

PAUL

Non, mon père, je dirai la vérité, toute la vérité ; et j'en dirai bien d'autres, quand vous n'y serez pas.

M. DE ROSBOURG

Eh bien, ça promet. Merci bien, mon ami ; tu veux donc me faire filer.

MARGUERITE

Oh ! vous ne vous en irez pas, papa ; je vous tiens prisonnier et nous vous garderons tous. »

Et elle s'installa sur les genoux de son père, qui la regarda avec tendresse et l'entoura de ses bras.

PAUL

Après avoir fait un maigre déjeuner de biscuit et d'eau, nous allâmes tous les trois à la recherche d'un abri pour y déposer nos provisions. On apercevait dans le lointain des arbres qui paraissaient former un bois. Le soleil commençait à piquer ; le commandant craignait que l'eau du tonneau ne se gâtât avant que nous ayons découvert une source ; aidé du Normand, il poussa le tonneau à l'ombre d'un rocher un peu creusé par le bas. Il me proposa de me mettre là pendant que lui et le Normand iraient jusqu'au bois pour voir s'ils n'y trouveraient pas un ruisseau et des fruits ; mais je lui demandai de ne pas le quitter, et il m'emmena. Le chemin était difficile. Le Normand marchait en avant et brisait avec sa hache les joncs et les plantes piquantes qui l'empêchaient d'avancer. Je commençais à me repentir de les avoir suivis, quand le commandant, voyant mes bas tachés de sang, me prit sur ses épaules malgré ma résistance. Le Normand voulut me porter, mais le commandant lui dit : « Tu as une tâche plus rude que la mienne, en marchant en avant et en me frayant un passage aux dépens de ta peau, mon brave Normand ! Il n'est pas lourd, ce garçon ! Et puis est-ce qu'un enfant pèse jamais trop sur le dos de son père ? » Le Normand obéit et marcha en avant. Je me repentis bien plus encore de ne pas être resté sous mon rocher quand je vis mon pauvre père trempé de sueur et plier malgré lui sous mon poids. Je lui demandai de me laisser marcher : il ne le voulut pas ; j'essayai de me glisser de dessus ses épaules : il me retint d'une main de fer et me dit : « N'essaye plus, car je t'attache si tu recommences. » Nous avancions lentement ; nous mîmes plus d'une heure à arriver à cette forêt, car c'en était une. Le terrain y était assez doux et uni. Le commandant me posa à terre, nous nous assîmes à l'ombre de ces grands arbres, qui étaient des palmiers-cocotiers et des palmiers-dattiers. Le Normand nous apporta quelques noix de coco et aussi des dattes tombées des palmiers. Le commandant ouvrit une noix avec sa hache ; il me fit boire l'eau ou plutôt le lait qu'elle contenait : c'était frais et délicieux ; puis il me fit manger la chair de cette noix : je la trouvai excellente et je regrettai amèrement que ma pauvre Sophie ne pût pas en goûter avec moi. Sophie avait toujours été de moitié dans tous mes plaisirs, dans tous mes projets, dans toutes mes sottises même, car j'exécutais ses idées qui n'étaient pas toujours heureuses, il faut le dire[1]. Et maintenant, je me la représentais dans ce vilain baquet qui sautait sur ces énormes vagues, et je croyais bien qu'elle était engloutie par la mer, ainsi que mon pauvre oncle. *(Sophie lui tend la main, il la serre et continue.)* Je m'aperçus que mon père me regardait boire et manger, et ne mangeait pas lui-même : « Et vous, mon père ? lui dis-je. Prenez, prenez, vous avez chaud, vous avez soif. — Ne t'occupe pas de moi, mon cher enfant ; je suis un homme, un marin ; je sais supporter la faim, la soif, le chaud, le froid. Je suis content de te voir manger et boire de si bon appétit. — Oh ! mon père, je n'ai plus faim ni soif, si je ne vous vois pas partager ces provisions. Et le bon Normand, où est-il ? — Il est allé chercher d'autres noix, s'il en peut trouver. » Je refusai de toucher à ce qui restait, et je priai si instamment le commandant de le partager au moins avec moi, qu'il finit par y consentir.

---

1. Voyez *Les malheurs de Sophie*, du même auteur. *(Note de l'éditeur.)*

Je vis avec bonheur ses lèvres desséchées par la soif se tremper dans le lait rafraîchissant des noix de coco. Quelque temps après, le Normand revint, apportant encore quelques noix et des dattes fraîches. Nous nous régalâmes tous les trois. Je me sentais fatigué par la chaleur. Je voyais les yeux du commandant se fermer malgré lui. Le bon Normand paraissait aussi fatigué ; je demandai si je pouvais dormir. « Dors, mon ami, répondit mon père, nous ferons bien aussi un somme ; la nuit a été rude et la chaleur est accablante. Allons, mon Normand, étends-toi près de nous et tâchons d'oublier en dormant. » Le Normand obéit ; il s'étendit à ma gauche ; le commandant s'était couché à ma droite. Deux minutes après, je dormais profondément. Je crois que j'avais dormi longtemps, car en m'éveillant je sentis la fraîcheur du soleil couchant. J'ouvris les yeux, j'étais seul. J'eus peur et je poussai un cri. Mon père accourut aussitôt, me demanda ce que j'avais. « Rien, lui dis-je ; je ne vous voyais plus, je croyais que vous m'aviez abandonné. » Jamais je n'oublierai l'air triste et affligé de mon pauvre père quand il entendit ces paroles. « Paul, mon fils ! dit-il d'une voix émue, comment as-tu pu avoir une telle pensée ? Tu ne crois donc pas que je suis ton père ; et quand as-tu vu un père abandonner son fils ? Paul, ne doute jamais de moi. — Pardon, pardon, mon père, mon seul ami, lui dis-je en me jetant dans ses bras. C'est en m'éveillant !... le premier mouvement ! Oh oui ! je sais, je sens combien vous êtes bon pour moi, meilleur, bien meilleur que ne l'a été mon propre père, qui ne m'aimait pas et qui ne s'occupait jamais de moi. — Silence, Paul ! reprit le commandant ; respect aux morts ! Si tu n'as rien de bon à en dire, n'en parle qu'à Dieu, en priant pour eux. »

« La faim se faisait sentir, je demandai à manger. « Nous t'attendions pour dîner, me dit mon père. Le couvert est mis, ici à côté ! Viens voir notre salle à manger. » Je le suivis ; il me mena dans un fourré où il avait fait avec sa hache, aidé du Normand et pendant que je dormais, un passage comme un corridor ; au bout il y avait comme une grande salle, taillée aussi dans le fourré. Ils avaient étendu par terre d'énormes feuilles de palmier-dattier et de cocotier ; sur une de ces feuilles larges comme une table, étaient plusieurs noix de coco ouvertes et une espèce de pomme de terre que le Normand avait fait cuire dans de l'eau de mer pour les saler ; une énorme coquille lui avait servi de casserole. Il avait été chercher aussi le tonneau d'eau et nos provisions, et avait rapporté en même temps la coquille et l'eau salée. Mon pauvre père, de son côté, avait travaillé à notre logement, au lieu de se reposer de ses fatigues. Je m'assis entre eux, et nous mangeâmes tous avec un appétit qui faisait honneur au cuisinier. Comme nous achevions notre dîner, un bruit singulier se fit entendre. Mon père se releva d'un bond ; le Normand lui fit signe de ne pas bouger. Ils écoutaient avec une anxiété qui me fit peur. Je me serrai contre le commandant, il se baissa et me dit tout bas : « Ne bouge pas, ne parle pas : ce sont des sauvages qui débarquent. » Ce mot de sauvages glaça mon sang dans mes veines ; je me voyais déjà mangé avec mon pauvre père et le bon Normand. Le commandant, me voyant trembler, chercha à me rassurer par un sourire et me dit encore tout bas : « N'aie pas peur, mon ami : tous les sauvages ne sont pas si méchants. Mais, comme nous ne les connaissons pas, restons tranquilles pour leur échapper. Pendant que je te garderai, le Normand va tâcher de les reconnaître ; il saura bien de quelle tribu ils sont et s'il faut les fuir ou nous montrer. » Pendant que le commandant parlait, je vis le Normand se mettre à plat ventre et se traîner ainsi dans le fourré en prenant les plus grandes précautions pour ne pas faire de bruit et pour ne pas être vu. Il rampa hors du bois ; mais avant de sortir du fourré il coupa des branches et des ronces et les piqua à l'entrée de notre allée pour la bien cacher à la vue des sauvages. Mon père me fit quitter la cabane et me traîna avec lui dans un massif de jeunes cocotiers ; à mesure que nous passions, il avait soin de relever les branches et les herbes foulées par nous, pour enlever toute trace de notre passage. Peu de temps après le départ du Normand, nous entendîmes les sauvages courir de côté et d'autre et s'appeler entre eux ; le bruit approchait ; je me tenais tremblant tout près de mon père, qui me serrait contre son cœur et me faisait signe de me taire.

« Un cri général des sauvages nous fit voir qu'ils avaient découvert notre allée ; l'instant d'après, ils se précipitaient dans la salle que mon pauvre père avait faite avec tant de peine. Je crus voir sur son visage une vive inquiétude ; le Normand ne revenait pas ; les sauvages l'avaient-ils découvert et fait prisonnier ? À chaque minute nous nous attendions à les voir apparaître. Une fois nous entendîmes craquer

148

une branche si près de nous, que mon père, m'écartant tout doucement, saisit sa hache et se tint prêt à frapper. Pendant quelques instants, nous restâmes immobiles, osant à peine respirer. Le bruit cessa, les voix s'éloignèrent ; nous nous crûmes sauvés, lorsque je sentis tout à coup une main qui me saisissait la jambe ; je ne criai pas, mais je me raccrochai à mon père, qui me regarda avec surprise ; il ne voyait pas la main qui me tenait, et moi je me sentais entraîné. Une seconde main vint saisir mon autre jambe, et je serais tombé le nez par terre si je ne m'étais retenu avec une force surnaturelle aux jambes de mon père. « Paul, qu'as-tu ? me dit-il tout bas et avec terreur. — Il me tire ! il me tire ! Mon père, sauvez-moi ! » lui répondis-je bas aussi. Mon père regarda à terre, vit les deux mains ; il les saisit à son tour, et avec une force irrésistible il tira violemment l'homme auquel appartenaient ces mains. Il amena un jeune sauvage, qui lui fit des gestes suppliants et qui finit par se jeter à genoux. Il avait l'air doux et craintif. Mon père lui fit signe de regarder, leva sa hache, et d'un seul coup abattit un arbre plus gros que le bras. Le sauvage regarda l'arbre, la hache, mon père, avec une surprise mêlée d'admiration ; il fit un bond, poussa un cri, baisa la main, toucha de cette main le pied de mon père, et, s'élançant dans la direction de notre cabane, par le chemin que nous avions suivi pour nous cacher, il appela à grands cris ses compagnons. « Nous sommes découverts, dit mon père ; il ne s'agit plus de se cacher. Il faut à présent nous montrer hardiment et leur imposer par notre attitude. Que n'ai-je mon pauvre Normand ! Où s'est-il fourré ? » Le commandant se dirigea vers la salle, me tenant par la main ; il tenait sa hache de l'autre. Il entra dans la salle, qui se remplissait de sauvages ; à leur tête était le jeune garçon qui venait de nous quitter. « Arrière ! » cria le commandant de sa voix de tonnerre en brandissant sa hache. Tous reculèrent. Le jeune sauvage approcha timidement, presque en rampant, baisa encore sa main, toucha le pied du commandant et lui fit voir par gestes que ses compagnons voudraient bien voir la hache couper un arbre. Le commandant choisit un jeune cocotier et l'abattit d'un coup. Les sauvages vinrent l'un après l'autre examiner l'arbre, toucher craintivement la hache ; ensuite chacun, comme le jeune sauvage, baisait sa main et touchait le pied du commandant. Je n'avais plus peur. Je sentais l'empire que prenait sur eux cet homme si fort, si courageux, si résolu. Les sauvages se tenaient immobiles, le regardant avec curiosité et respect. Me tenant toujours par la main, il avança vers eux, leur fit signe avec sa hache de s'écarter pour nous laisser passer. Ils se retirèrent avec un effroi comique. « Suivez-moi ! » leur dit-il de sa voix de commandant, et il marcha, suivi de tous ces sauvages, jusqu'à ce qu'il fût sorti du bois. Là il regarda autour de lui, et, ne voyant pas le Normand, il cria : « Mon brave Normand, nous sommes découverts. Montre-toi et viens à moi, car ton bras peut m'être utile. » Aucune réponse ne se fit entendre ; mais quelques minutes après je vis le Normand sortir du bois. Il regarda les sauvages et dit au commandant : « Mon commandant, je n'ai pas répondu parce que j'étais à plat ventre dans les

150

herbes, et je ne voulais pas que ces Peaux Rouges pussent croire que je me cachais. Je suis rentré dans le bois en rampant. J'ai commencé mon évolution dès que j'ai entendu votre *Arrière !* retentissant.

« — Crois-tu que ce soient des mangeurs d'hommes ?

« — Pour ça non, mon commandant ; ils n'en ont pas la mine ; je n'en ai jamais vu de cette espèce. Ils ont l'air doux ; on dirait des agneaux.

« — Eh bien, qu'allons-nous faire à présent ? Quel est ton avis ?

« — Comment, mon commandant, vous si résolu, et qui vous décidez comme qui dirait en un éclair, vous me demandez un avis !

« — C'est que je n'étais pas père, vois-tu, répondit le commandant en me caressant les cheveux. Seul, je serais déjà leur chef ; ils m'obéiraient. Mais ce que je ne crains pas pour moi, je le crains pour Paul.

« — Oh ! mon père, m'écriai-je en baisant ses mains, faites comme si je n'y étais pas. Je vous suivrai partout. Ne songez pas à moi.

« — Tu ne vois donc pas que je t'aime, Paul, et que je veux faire pour le mieux, à cause de toi ! »

« Il réfléchit un instant. Son visage devint sévère ; il se retourna vers les sauvages, leur ordonna d'un geste impérieux de le suivre, et, marchant en avant, me tenant par la main et suivi du Normand, il se dirigea vers la mer, où il apercevait de loin les canots des sauvages. Tout le long du chemin, lui et le Normand se faisaient un passage en abattant avec leurs haches les herbes et les joncs piquants. À chaque coup de la hache, les sauvages se précipitaient pour voir ce qu'elle avait abattu ; ils entouraient le commandant qui ne daignait pas leur accorder un regard ; le Normand, lui, les éloignait en brandissant sa hache. Quand nous fûmes arrivés au bord de la mer, le commandant ordonna au Normand de se tenir prêt à monter avec lui dans un des plus grands canots, et fit signe aux sauvages d'en amener un près du rivage. Ils obéirent, en approchèrent un ; le commandant y entra avec moi, suivi du Normand. Il fit signe de ramer, et nous partîmes, ne sachant pas où nous allions.

« Le canot était grand ; il pouvait contenir dix à douze personnes. Une foule de sauvages se précipitèrent pour y entrer ; mais, lorsque les quatre premiers y eurent grimpé, le commandant cria aux autres : *Arrière !* et brandit sa hache ; les sauvages s'élancèrent tous dans l'eau et gagnèrent à la nage les autres canots, dans lesquels ils entrèrent et s'arrangèrent comme ils purent. Nos sauvages se mirent à ramer ; nous fûmes bientôt en pleine mer ; ils ramèrent longtemps ; il était nuit quand nous touchâmes à une terre : je n'ai jamais su laquelle, ni le commandant non plus.

— C'est vrai, dit M. de Rosbourg ; la tempête avait tellement fait dévier ma pauvre frégate, que lorsqu'elle toucha, après avoir perdu tous ses mâts, je me trouvai dans une mer qui m'était tout à fait inconnue.

MARGUERITE

Alors personne ne connaîtra jamais cette île, papa ?

Peut-être ; si j'y retourne, je la retrouverai.

MARGUERITE

Oh ! papa, vous n'irez plus jamais sur mer, je vous en prie.

M. DE ROSBOURG, *souriant.*

Nous verrons cela plus tard, chère petite ; écoutons Paul. Il se souvient bien, ma foi ; voyons s'il ira de même jusqu'au bout.

PAUL

Les sauvages voulaient me prendre dans leurs bras, mais mon père les repoussa d'un air de commandement qui les effraya, car ils se culbutèrent les uns les autres et firent un grand cercle pour nous laisser passer.

« — Le Normand, dit mon père, soyons prudents et ne nous engageons pas de nuit dans les terres ; trouvons un abri pour que Paul puisse dormir pendant que nous ferons la garde près de lui. Ils ont l'air de bons diables, mais il ne faut pas trop s'y fier. Le crocodile vous croque en deux bouchées avec son air doux et sa voix de petit enfant. Méfions-nous. »

« Le commandant marcha avec moi et le Normand ; nous trouvâmes promptement un rocher creux ; il y faisait noir comme dans un four. Il tira de sa poche une boîte d'allumettes, et, à la grande frayeur des sauvages, il en alluma une : ils firent tous une exclamation de surprise et d'effroi, et reculèrent de quelques pas. Mon père entra dans la grotte formée par le rocher, l'éclaira, et, la voyant sèche et sans habitants dangereux, tels que serpents ou bêtes féroces, il m'y fit entrer et y entra lui-même avec le Normand, après avoir fait signe aux sauvages qu'il voulait être seul. Ils obéirent avec répugnance et ne s'éloignèrent pas beaucoup à en juger par le bruit léger que nous entendions de temps à autre ; tantôt un chuchotement, tantôt un petit bruit de feuilles sèches, tantôt un sifflement étouffé, comme de gens qui s'appellent. Mon père me mit au fond de la grotte, et s'assit par terre à l'entrée, lui d'un côté, le Normand de l'autre. Je fus réveillé au petit jour par un bruit extraordinaire. J'ouvris les yeux et je vis mon père et le Normand debout à l'entrée de la grotte, leur hache à la main. Mon père se tourna vers moi d'un air inquiet au moment où je m'éveillai. Je sautai sur mes pieds, je courus à lui, j'avançai ma tête, et je vis une multitude de sauvages qui se dirigeaient vers nous. Au milieu d'eux marchait un homme qui paraissait être leur chef ou leur roi. Tous les autres le traitaient avec respect, n'osant pas l'approcher de trop près et lui parlant la tête baissée. Quand il fut à cent pas de nous, il dit quelques mots à deux sauvages, qui vinrent à nous et nous firent signe d'approcher du roi. « Allons, dit mon père en souriant. Aussi bien, nous avons besoin d'eux pour avoir de quoi manger et de quoi nous loger. » Je n'avais pas peur, car je voyais près du roi deux petits garçons à peu près de mon âge. Nous nous avançâmes ; les deux petits garçons coururent à moi et tournèrent autour de moi en touchant ma veste, mon pantalon, mes pieds, mes mains ; ils faisaient de si drôles de mines et des gambades si étonnantes que je me mis à rire ; ils eurent l'air enchanté de me voir rire ; ils baisèrent leurs mains et me touchèrent les joues ; je leur en fis autant ; alors leur joie fut extrême ; ils coururent au roi, lui parlèrent avec volubilité, revinrent à moi en courant, et, me prenant chacun par une main, ils m'entraînèrent vers lui. J'entendis mon pauvre père appeler d'une voix altérée : « Paul, Paul, reviens. » Mais je ne pouvais plus revenir ; les petits sauvages m'entraînaient en répétant : *Tchihane, tchihane poundi*[1]. Le roi me regarda, me toucha, puis, il me prit dans ses bras, me toucha l'oreille de son oreille, me remit à terre et dit quelques mots à un sauvage. Celui-ci disparut et revint promptement, lui apportant deux petites lianes. Le roi en prit une qu'il noua légèrement au bras d'un des petits garçons en fit autant à l'autre, puis il attacha les bouts opposés à mes bras, à moi, de manière que je me trouvai attaché à chacun des petits sauvages par le bras. Ils semblaient enchantés, ils faisaient des gambades et des cris de joie qui me faisaient rire comme eux ; je sautai aussi pour leur tenir compagnie et je me mis à chanter à tue-tête :

Te souviens-tu, brave enfant de la France, etc.

que chantaient souvent nos pauvres marins de la *Sibylle*. Aux premières paroles, les petits sauvages restèrent immobiles. Mais leur surprise et leur admiration furent partagées par le roi et ses sujets, quand

---

1. « Viens, viens vite. »

mon père et le Normand m'accompagnèrent de leurs belles voix retentissantes. Quand nous eûmes fini, les sauvages, y compris les petits, tombèrent tous la face contre terre ; ils se relevèrent d'un bond, coururent au commandant et au Normand, auxquels ils donnèrent tous les témoignages d'amitié qu'ils purent imaginer. Ils cherchèrent à imiter nos chants, mais d'une manière si grotesque que nous rîmes tous à nous tenir les côtes. Ils paraissaient enchantés de nous voir rire ; ils riaient aussi et faisaient des gambades comiques.

SOPHIE

Pardonne-moi si je t'interromps, Paul, mais je voudrais savoir pourquoi on t'avait attaché aux petits sauvages et si tu es resté longtemps ainsi.

PAUL

J'ai appris depuis, quand j'ai su leur langage, que c'était pour marquer l'affection qui devait me lier à mes nouveaux amis, et que nous devions à trois ne faire qu'un. Je n'osais pas défaire ces liens, de peur de les fâcher, et en effet j'ai su, depuis, que si je les avais défaits, c'eût été comme si nous leur déclarions la guerre. Mon père me dit : « Tant qu'ils ne te feront pas de mal, mon garçon, laisse-les faire. Il ne faut pas risquer de les fâcher. Nous avons besoin d'eux. D'ailleurs ils n'ont vraiment pas l'air méchant. » Le roi fit alors signe à mon père d'approcher. Un sauvage apporta un autre lien ; le chef en attacha un bout au bras de mon père et lui donna l'autre bout en touchant son oreille de la sienne. Mon père prit le lien et l'attacha au bras du roi, dont il toucha aussi l'oreille. Le roi parut transporté de joie ainsi que tous les sauvages, qui se mirent à pousser des hurlements d'allégresse et à faire autour de nous une ronde immense. Les petits sauvages dansaient, je dansais avec eux, le roi dansa, mon père sauta aussi ; nous nous mîmes tous à rire ; ce rire gagna les sauvages et le roi ; le Normand gambadait tant qu'il pouvait.

M. DE ROSBOURG, riant.

Je me souviens en effet de cette danse absurde. Malgré toute ma tristesse, je me trouvais si ridicule, le pauvre Normand avait l'air si godiche, le roi avait l'air si bête, attaché à mon bras par ce lien et gambadant comme un gamin, que je fus pris d'un fou rire qui fut plus fort que moi. Je ris encore en y pensant.

PAUL, continuant.

Ce fut mon père qui donna le signal du repos en s'arrêtant et criant : « Halte-là ! Assez pour aujourd'hui, sauvageons ! » Sa voix domina le tumulte, et tout le monde s'arrêta. J'avais faim ; je le dis à mon père, qui fit signe au roi qu'il voulait manger. *Moune chak,* s'écria aussitôt le roi. *Pris kanine,* répondirent les sauvages, et ils se dispersèrent en courant. Ils revinrent bientôt, apportant des bananes, des fruits qui m'étaient inconnus, des noix de coco, du poisson séché. Nous mangeâmes de bon appétit ; les sauvages s'assirent par dizaines, formant de petits ronds. Le roi et les petits sauvages mangèrent seuls avec nous.

« Le roi, nous voyant tirer de nos poches des couteaux, regarda attentivement ce que nous en ferions. Quand il nous vit couper facilement et nettement les bananes, le poisson et d'autres mets, il témoigna une grande admiration. Mon père voulut lui faire essayer de couper une banane, mais il n'osa pas ; il retirait sa main avec effroi, et il regardait sans cesse les mains de mon père, celles du Normand et les miennes, s'étonnant qu'elles ne fussent pas coupées comme les fruits et le poisson. *Régite, régite,* répétait-il. Ce qui veut dire : « Ça coupe. »

« Quand le repas fut fini, le roi se leva, marcha avec mon père attaché à son bras ; je suivais entre les deux petits sauvages, mes amis. Le Normand venait ensuite. « Ne perds pas Paul des yeux, lui avait dit mon père. Ma dignité me défend de me retourner trop souvent pour veiller sur lui ; mais je te le confie. Emboîte son pas et ne laisse pas les sauvages trop en approcher.

« — Soyez tranquille, mon commandant, lui répondit le Normand. Je considère cet enfant comme le vôtre, et dès lors pas de danger tant que j'ai l'œil sur lui. » Nous marchâmes longtemps. Les petits sauvages m'apprirent quelques mots de leur langage, que je parlai en peu de temps aussi bien qu'eux-mêmes. Il n'était pas très difficile, mais il leur manque une foule de mots ; nous leur apprîmes à notre tour le français, qu'ils prononçaient d'une manière très drôle ; mais tout cela ne se passa que longtemps après.

« Nous arrivâmes enfin dans une espèce de village formé de huttes basses, mais assez propres. Un ruisseau coulait tout le long du village. Chaque hutte était partagée en deux : une partie servait au chef de famille et aux fils, l'autre aux femmes et aux enfants. Les garçons quittent la chambre des femmes à l'âge de huit ans, et ils ont alors le droit d'aller à la chasse, d'apprendre à tirer de l'arc, à se servir d'une massue, à faire les flèches et les armes, à préparer les peaux pour les vêtements des hommes, à bâtir des huttes, et autres choses que ne peuvent faire les femmes. Quand nous fûmes arrivés, nous vîmes une grande agitation se manifester parmi les sauvages. Ils avaient l'air de délibérer pendant que les femmes et les enfants sortaient de leurs huttes, nous entouraient, nous examinaient, nous touchaient. Mes deux amis ne laissèrent personne m'ennuyer de leur examen ; ils chassaient les importuns à coups de pied, à coups de poing ; je me mis de la partie, ce qui les fit rire aussi bien que les battus, qui applaudissaient les premiers à mes coups. Après une longue délibération des hommes, le roi fit comprendre par signes à mon père que, chaque hutte étant pleine, on lui en bâtirait une quand le soleil se lèverait une autre fois, c'est-à-dire le lendemain, et qu'en attendant il nous donnerait sa propre hutte et coucherait lui-même dans celle d'un chef ami qui était en visite pour quelques jours. Ensuite il coupa avec ses dents le milieu du lien qui l'attachait à mon père, délia le bout qui tenait au bras de mon père, le baisa et se l'attacha au cou ; mon père, à la grande joie du chef, fit de même pour l'autre bout. Les petits sauvages firent la même chose pour nos liens à nous, et j'imitai mon père en dénouant, baisant et attachant à mon cou les bouts

159

noués à leurs bras. Je ne fus pas fâché de me sentir libre. « Paul, me dit mon père, tu peux sans danger rester avec tes amis ; moi je vais avec le Normand couper du bois pour bâtir notre hutte. Je ne veux pas me faire servir par ces braves gens comme si j'étais une femme. Viens, mon Normand ; viens leur faire voir ce que peuvent faire nos haches au bout de nos bras. »

M. DE ROSBOURG

Et voyez tous ce que peut faire l'éloquence de Paul : l'heure du coucher est passée depuis longtemps, et Marguerite a encore les yeux ouverts comme les écoutilles de ma pauvre frégate. Mais je crois qu'il serait bon de remettre la fin à demain. Qu'en dit la société ?

MADAME DE ROSBOURG

Oui, mon ami, vous avez raison ; le pauvre Paul est fatigué ou doit l'être. À demain la suite de cet intéressant récit. Allez vous coucher, mes enfants.

M. DE ROSBOURG

Et ne rêvez pas sauvages et naufrages. »
Marguerite fit ses adieux à sa maman et à tout le monde, puis elle revint vers son père et lui prit la main.

M. DE ROSBOURG

Et moi, ma petite Marguerite, tu ne m'embrasses pas ?

MARGUERITE

Pas encore, papa. Tout à l'heure.

M. DE ROSBOURG

Comment, tout à l'heure ? est-ce que tu ne vas pas te coucher comme tes amis ?

MARGUERITE

Oui, papa ; mais vous allez me monter comme hier, nous ferons notre prière comme hier, et je m'endormirai comme hier en vous tenant les mains. »

M. de Rosbourg, attendri, ne lui répondit qu'en l'embrassant et en la prenant dans ses bras. Il assista comme la veille à son coucher, pria avec elle et, comme la veille, continua sa prière et son action de grâces près du lit de son enfant endormie. De même que la veille, il essuya les larmes de bonheur et de reconnaissance qui avaient coulé sur la petite main de cette enfant si chère, qu'il retrouvait si bonne, si tendre et si charmante.

Chapitre 9

Suite et délivrance

Le lendemain, les enfants ne parlèrent dans la journée que du naufrage et des sauvages, du courage de M. de Rosbourg, de sa bonté pour Paul.

« Paul, lui dit Marguerite, tu es et tu resteras toujours mon frère, n'est-ce pas ? Je t'aime tant, depuis tout ce que tu as raconté ! Tu aimes papa comme s'il était ton papa tout de bon, et papa t'aime tant aussi ! On voit cela quand il te parle, quand il te regarde.

PAUL

Oui, Marguerite tu seras toujours ma petite sœur chérie, puisque nous avons le même père.

MARGUERITE

Dis-moi, Paul, est-ce que ton père, qui est mort, ne t'aimait pas ?

Je ne devrais pas te le dire, Marguerite, puisque mon père m'a défendu d'en parler ; mais je te regarde comme ma sœur et mon amie, et je veux que tu saches tous mes secrets. Non, mon père d'Aubert ne m'aimait pas, ni maman non plus ; quand je n'étais pas avec Sophie, je m'ennuyais beaucoup ; j'étais toujours avec les domestiques, qui me traitaient mal, sachant qu'on ne se souciait pas de moi. Quand je m'en plaignais, maman me disait que j'étais difficile, que je n'étais content de rien, et papa me donnait une tape et me chassait du salon en me disant que je n'étais pas un prince, pour que tout le monde se prosternât devant moi.

MARGUERITE

Pauvre Paul ! Alors tu as été heureux avec papa qui a l'air si bon ?

PAUL

Heureux comme un poisson dans l'eau ! Mon père, ou plutôt notre père, est le meilleur, le plus excellent des hommes. Les sauvages même l'aimaient et le respectaient plus que leur roi. Tu juges comme je dois l'aimer, moi qui ne le quittais jamais et qu'il aimait comme il t'aime.

MARGUERITE

Et comment se fait-il que le Normand ne soit pas resté avec vous ?

163

Tu sauras cela ce soir.

MARGUERITE

Oh ! mon petit Paul, dis-moi puisque je suis ta sœur.

PAUL, *l'embrassant et riant.*

Une petite sœur que j'aime bien, mais qui est une petite curieuse et qui doit s'habituer à la patience. »

Marguerite voulut insister, mais Paul se sauva. Marguerite courut après, appela à son secours Jacques qu'elle rencontra dans une allée. Tous deux se mirent à la poursuite de Paul, qui leur échappa avec une agilité surprenante ; Sophie, Jean, Camille, Madeleine et Léon s'étaient pourtant mis de la partie et couraient tous à qui mieux mieux. Quelquefois Paul était dans un tel danger d'être attrapé, que tous criaient d'avance : « Il est pris, il ne peut pas échapper » ; mais, au moment où on avançait les bras pour le prendre, il faisait une gambade de côté, se lançait comme un daim et disparaissait aux yeux des enfants étonnés. Ils revinrent dans leur jardin haletants et furent surpris d'y trouver Paul.

« Tu cours comme un vrai sauvage, lui dirent Sophie et Marguerite. C'est étonnant que tu aies pu nous échapper.

PAUL

C'est chez les sauvages, en effet, que j'ai appris à courir, à éviter les dangers, à reconnaître les approches de l'ennemi. Mais voilà la cloche du dîner qui nous appelle ; mon estomac obéit avec plaisir à cette invitation.

MARGUERITE

Et ce soir tu achèveras ton histoire, n'est-ce pas ?

PAUL

Oui, petite sœur, je te le promets. »

Et ils coururent tous au salon, où on les attendait pour se mettre à table.

Après le dîner, et après une très petite promenade, qui fut trouvée bien longue et que les parents abrégèrent par pitié pour les gémissements des enfants et pour les maux de toute sorte dont ils se plaignaient, on rentra au salon et chacun reprit sa place de la veille. Marguerite ne manqua pas de reprendre la sienne sur les genoux de son père et de lui entourer le cou de son petit bras.

« J'en suis resté, hier, dit Paul, au moment où mon père appelait le Normand pour abattre des arbres et construire notre hutte. Les sauvages s'étaient déjà mis au travail ; ils commençaient à couper lentement et péniblement de jeunes arbres avec des pierres tranchantes ou des morceaux de coquilles. Mon père et le Normand arrivèrent à eux, les écartèrent, brandirent leurs haches et abattirent un arbre en deux ou trois coups. Les sauvages restèrent d'abord immobiles de surprise ; mais, au second arbre, ils coururent en criant vers le village, et on vit accourir avec eux leur roi et le chef ami qui était chez eux en visite. Mon père et le Normand continuèrent leur travail. À chaque arbre qui tombait, les chefs approchaient, examinaient et touchaient la partie coupée, puis ils se retiraient et regardaient avec une admiration visible le travail de leurs nouveaux amis. Quand tous les arbres nécessaires furent coupés, taillés et prêts à être enfoncés en terre, mon père et le Normand firent signe aux sauvages de les aider à les transporter. Tous s'élancèrent vers les arbres qui en cinq minutes furent enlevés et portés ou traînés en triomphe à travers le village, avec des cris et des hurlements qui attirèrent les femmes et les enfants. On leur expliquait la cause du tumulte ; ils s'y joignaient en criant et gesticulant. Quand tous les arbres furent apportés sur l'emplacement où devait être bâtie la hutte, mon père et le Normand se firent des maillets avec leurs haches et enfoncèrent en terre les pieux épointés par un bout. Ils eurent bientôt fini et ils se mirent à faire la couverture avec les bouts de cocotiers abattus, garnis de leurs feuilles, qu'ils posèrent en travers sur les murs formés par les arbres. Ils relièrent ensemble avec des lianes les bouts des feuilles de cocotier et les attachèrent de place en place aux arbres qui formaient les murs. Ensuite ils bouchèrent avec de la mousse, des feuilles et de la terre humide les intervalles et les trous qui se trouvaient entre les arbres. Je les aidai dans cette besogne ; mes petits amis les sauvages voulurent aussi nous aider et furent enchantés d'avoir réussi. Il ne s'agissait plus que de faire une porte. Mon père alla couper quelques branches longues et minces et se mit à les entrelacer comme on fait pour une *claie*. Quand il en eut attaché avec des lianes une quantité suffisante, lui et le Normand tirèrent leurs couteaux de leurs poches et se mirent à tailler une porte de la grandeur de l'ouverture qu'ils avaient laissée. Ils l'attachèrent ensuite aux murs, comme on attache un couvercle de panier. Les sauvages, qui s'étaient tenus assez tranquilles pendant le travail, ne purent alors contenir leur joie et leur admiration, ils tournaient autour de la maison, ils y entraient, ils fermaient et ouvraient la porte comme de véritables enfants de deux ans. Le roi s'approcha de mon père, lui frotta l'oreille de la sienne, et lui fit comprendre qu'il voudrait bien avoir cette maison. Mon père le comprit, le prit par la main, le fit entrer dans la maison et ferma la porte sur lui. Le roi ne se posséda pas de joie, et commença avec ses sujets une ronde autour de la maison. Il fit signe à mon père que cette nuit la maison servirait à ses nouveaux amis, et qu'il ne la prendrait que le lendemain. Mon père lui expliqua, par signes aussi, que le lendemain il lui ferait une seconde chambre pour les femmes et les enfants, ce qui redoubla la joie du roi. Le chef ami regardait d'un œil triste et envieux, lorsque tout à coup son visage prit un air joyeux ; il dit quelques mots au roi, qui lui *répondit : Vasmi, Vasmi, brahetz.* Alors le chef s'approcha du Normand, frotta son oreille contre la sienne, et le regarda d'un air inquiet. « Mon commandant, dit le Normand, je n'aime pas ce geste-là. Ce sauvage me déplaît ; au diable lui et son oreille ! — Tu vas le mettre en colère, mon Normand, rends-lui son frottement d'oreille. Si nous les fâchons, ils sont mille contre un ; quand nous en tuerions chacun un cent, il en resterait encore dix-huit cents, et, nous autres expédiés, mon Paul restera victime de ta délicatesse. — C'est vrai, mon commandant ; c'est vrai cela. » Et frottant son oreille contre celle du sauvage : « Tiens, diable rouge, la voilà mon oreille de chrétien, qui vaut mieux que ton oreille de païen. » Le chef parut aussi joyeux que l'avait été le roi, et donna un ordre qu'exécuta un sauvage ; il reparut avec le lien de l'amitié ; le chef fit à son bras et à celui du Normand la même cérémonie qu'avait faite le roi à mon père. Le Normand avait l'air mécontent et humilié. « Mon commandant, dit-il, si ce n'était pas pour vous obéir, je ne me laisserais pas lier à ce chien d'idolâtre. J'ai dans l'idée qu'il n'en résultera rien de bon. Pourvu que je reste près de vous et de Paul, à vous servir tous deux et à vous aimer, je ne demande rien au bon Dieu. » Mon père serra la main au bon Normand, que j'embrassai ; mes petits amis, qui imitaient tout ce que je faisais, voulurent aussi embrasser le Normand, qui allait les repousser avec colère, lorsque je lui dis : « Mon bon Normand, mon ami, sois bon pour eux ; ils m'aiment. » Ce pauvre Normand ! Je vois encore sa bonne figure changer d'expression à ces paroles et me regarder d'un air attendri en embrassant les sauvageons du bout des lèvres. Pendant ce temps, on avait apporté le repas du soir. Tout le monde s'assit par petits groupes comme le matin ; les femmes nous servaient. Mes amis sauvages me placèrent entre eux deux, en face de mon père, qui était entre le roi et le Normand, lié au bras du chef. Après le souper que je mangeai de bon appétit, le chef délia le Normand, qui fut obligé de passer à son cou la moitié du lien, et chacun se retira chez soi. Mais on voyait encore des têtes apparaître par les trous qui servaient d'entrée aux huttes. « Paul, me dit mon père, avant de dormir, remercions Dieu de ce qu'il a fait pour nous ; après nous avoir sauvés du naufrage, il nous a envoyés dans une tribu de braves gens, où nous vivrons tranquillement jusqu'à ce que nous ayons la bonne chance d'être recueillis par des Européens, ce qui arrivera bientôt, j'espère. Prions aussi pour ceux qui ne sont plus. »

« Et me faisant mettre à genoux entre lui et le Normand, à la porte de notre cabane, il récita avec nous le *Pater,* l'*Ave,* le *Credo,* le *De Profundis,* puis il pria tout bas ; après quoi il se leva, posa sa main sur ma tête et me dit : « Mon fils, je te bénis. Que Dieu t'accorde la grâce de ne jamais l'offenser et d'être un bon chrétien. » Il m'embrassa ensuite, je pleurai et je le tins longtemps embrassé. Avant d'entrer dans notre maison, nous vîmes tous les sauvages à l'entrée de leur hutte, nous regardant avec curiosité, mais en silence. Nous rentrâmes, le Normand ferma la porte. « Il nous faudrait un verrou, mon commandant, dit-il. On ne sait jamais si l'on est en sûreté avec ces diables rouges. » Mon père sourit, lui promit d'en fabriquer un le lendemain, et je m'étendis entre lui et le Normand ; je ne tardai pas à m'endormir. Mon pauvre père et le Normand, qui n'avaient pas dormi, pour ainsi dire, depuis quatre jours, s'endormirent aussi. Dans la nuit, j'entendis ronfler le Normand, j'entendis aussi mon père parler en rêvant : « Marguerite ! Marguerite ! ma femme ! mon enfant ! »

« Le lendemain, mon père et le Normand firent une seconde chambre à la maison où nous avions passé la nuit, comme ils l'avaient promis au roi, puis ils bâtirent une autre cabane pour nous-mêmes. Le roi, impatient de s'installer dans son nouveau palais, y fit apporter tout de suite les nattes et les calebasses qui formaient son mobilier ; il avait aussi quelques noix de coco sculptées, des coquilles travaillées, des flèches, des arcs et des massues. Mon père tailla quelques chevilles, qu'il enfonça dans les intervalles des arbres, et il suspendit à ces clous de bois les armes et les autres trésors du roi, qui fut si enchanté de cet arrangement, qu'il appela tous les sauvages pour l'admirer. Leur respect pour mon père augmenta encore après l'examen des chevilles. Ils ne pouvaient comprendre comment ces chevilles tenaient ; mon père, voyant leur inquiétude, en fit une devant eux et l'enfonça dans une fente, à leur grande surprise et joie. J'aidais mon père et le Normand à préparer les chevilles, à couper les liens avec mon couteau, à chercher la mousse et la terre pour boucher les trous. Cette seconde maison fut bien plus jolie et plus grande que la première, et, malgré les désirs du roi clairement exprimés, mon père voulut la garder et la conserva pendant les cinq longues années que nous avons passées près de ces sauvages. Les jours suivants, il fabriqua des escabeaux et une table, puis il tapissa toute la chambre de grandes feuilles de palmier, qui faisaient un charmant effet. Il fit aussi, dès le premier jour, une croix en bois, qu'il enfonça près du seuil de notre porte, et devant laquelle, matin et soir, nous faisions notre prière à genoux ; le dimanche et les fêtes, nous chantions aussi des cantiques, des psaumes et d'autres chants d'église que m'apprit mon père. Les sauvages, qui nous regardaient d'abord, voulurent faire comme nous ensuite ; j'appris à mes petits amis les paroles que je chantais ; ils prononçaient d'abord très mal, ce qui nous faisait rire, mais au bout de peu de temps ils prononçaient aussi bien que nous. Nous leur apprîmes petit à petit à parler français, et eux nous apprirent leur langage ; nous finîmes par nous comprendre parfaitement.

MARGUERITE

Oh ! dis-nous quelque chose en sauvage, Paul, je t'en prie.

PAUL

Pelka mi hane, cou rou glou.

CAMILLE

Oh ! que c'est joli ! que c'est doux ! Qu'est-ce que cela veut dire ?

PAUL

Cela veut dire : « Je ne te quitterai jamais, amie de mon cœur. »

M. DE ROSBOURG

Brese ni Kouliche, nane hapra.

PAUL

Non, mon père, non, jamais : je vous le jure.

171

Qu'est-ce que papa t'a dit ?

PAUL

Mon père m'a dit : « Quand tu seras grand, tu nous oublieras. » Et moi je réponds et je jure que je ne vous quitterai et que je ne vous oublierai jamais. Me séparer de vous, ce serait *souffrir* et *mourir.*

MARGUERITE, *lui serrant les mains.*

Bon Paul, comme je t'aime !

PAUL

Et moi donc ! Si tu pouvais savoir comme je t'aime, comme j'aime mon père, comme j'aime... *(se tournant vers Mme de Rosbourg)* ma mère !... Le permettez-vous, ma mère ?

MADAME DE ROSBOURG, *le serrant dans ses bras.*

Oui, mon fils, mon cher Paul, tu seras mon fils, et je serai ta mère. »

Paul reprit après un instant de silence :

« Mais, avant que nous ayons pu nous comprendre, il nous arriva un malheur bien grand, qui nous affligea profondément. Notre bon Normand nous fut enlevé.

JACQUES

Comment ? Par qui ? Pourquoi l'as-tu laissé enlever ?

172

Nous n'avons pu l'empêcher, malheureusement. Je vous ai dit que le chef ami qui était en visite chez le roi avait *lié amitié* avec le Normand. Je vous ai dit que le Normand y avait de la répugnance, qu'il ne laissa faire le chef que pour obéir à son commandant. Nous ne savions pas alors que, lorsqu'on s'était laissé lier au bras d'un homme, on s'engageait à être son ami, à le protéger et à le défendre contre tous les dangers. Et quand, après avoir coupé le lien, on le mettait au cou, on s'engageait à ne jamais se quitter, à se suivre partout. Quelques jours après notre arrivée, le chef s'apprêta à retourner dans son île ; quatre à cinq cents de ses sauvages vinrent le chercher. On fit un repas d'adieu, pendant lequel le roi parut lié au bras de mon père, le Normand à celui du chef, et moi à ceux des petits sauvages. Nous étions loin de penser que cette cérémonie, que mon père avait accomplie comme un jeu et sans en connaître les conséquences, nous séparerait de notre brave Normand. Après le repas, les chefs coupèrent les liens et les passèrent à leur cou, de même mes petits amis et moi. Tout le monde se leva. Le Normand voulut revenir près de mon père, mais le chef lui passa le bras dans le sien et l'entraîna doucement et amicalement vers la mer. Le roi en fit autant pour mon père, et nous allâmes tous voir partir le chef et ses sauvages. Après le dernier adieu du chef, le Normand voulut retirer son bras ; le chef le retint ; le Normand donna une secousse, mais le chef ne lâcha pas prise. Au même instant, deux ou trois cents sauvages se précipitèrent sur lui, le jetèrent à terre, le garrottèrent et l'emportèrent dans le canot du chef. Mon père voulut s'élancer à son secours, mais, en moins d'une seconde, lui aussi fut jeté à terre, lié et emporté. « Mon pauvre Normand, mon pauvre Normand ! » criait mon père. Le Normand ne répondait pas ; les sauvages l'avaient bâillonné. « Paul, mon enfant, cria enfin mon père, ne me quitte pas. Reste là, près de moi, que je te voie au moins en sûreté. » J'accourus près de lui ; on voulut me repousser, mais les petits sauvages parlèrent d'un air fâché, se mirent près de moi et me firent rester avec mon père. Je pleurais ; ils essuyaient mes yeux, me frottaient les oreilles avec les leurs ; en un mot, ils m'ennuyaient, et je cessai de pleurer pour faire cesser leurs consolations. Les sauvages emportèrent mon père dans sa maison. Le roi vint se mettre à genoux près de lui en faisant des gestes suppliants et en témoignant son amitié d'une manière si touchante que mon père fut attendri et qu'il regarda enfin le roi en lui souriant de son air bon et aimable. Le roi comprit, fit un saut de joie et délia une des mains de mon père en le regardant fixement. Rassuré par l'immobilité de mon père, il délia l'autre main, puis les jambes. Voyant que mon père ne se sauvait pas, il ne chercha plus à contenir sa joie, et la témoigna d'une façon si bruyante, que mon père, ennuyé de cette gaieté, le prit par le bras et le poussa doucement en dehors de la porte ; lui adressant un sourire et un signe de tête amical, il ferma la porte, et nous nous trouvâmes seuls : « Mon pauvre Normand ! s'écria mon père. Pourquoi t'ai-je forcé à accepter ce lien maudit dont je ne connaissais pas les conséquences ! Je comprends maintenant que ce chef le regarde comme ne devant plus le quitter. Mon pauvre Paul, c'est un ami et un protecteur de moins pour toi. — Mon père, lui répondis-je, je n'ai besoin de rien ni de personne, tant que vous serez près de moi. Mais je regrette ce pauvre Normand : il est si bon et il vous aime tant ! — Nous tâcherons de le rejoindre, dit mon père. Le bon Dieu ne nous laissera pas éternellement à la merci de ces sauvages ! Ce sont de braves gens, mais ce n'est pas la France ni les Français. Et ma femme, et ma petite Marguerite ! quel chagrin de ne pas les voir ! »

À partir de ce jour, mon père et moi nous passions une partie de notre temps au bord de la mer, dans l'espérance d'apercevoir un vaisseau à son passage ; tout en regardant nous ne perdions pas notre temps ; mon père abattait des arbres, les préparait et les reliait ensemble pour en faire un bateau assez grand pour nous embarquer avec des provisions et nous mener en pleine mer. Je ne pouvais l'aider beaucoup ; mais, pendant qu'il travaillait, j'apprenais à lire les lettres qu'il me traçait sur le sable. Il eut la patience de m'apprendre à lire et à écrire de cette façon. Quand je sus lire, je traçai à mon tour les lettres que je connaissais, puis des mots. Plus tard, mon bon père eut la patience de me tracer sur des grandes feuilles de palmier des histoires, des cartes de géographie. C'est ainsi qu'il m'apprit le catéchisme, l'histoire, la grammaire. Nous causions quelquefois des heures et des heures. Jamais je ne me fatiguais de l'entendre parler. Il est si bon, si patient, si gai, si instruit ! Et il m'apprit si bien à aimer le bon Dieu, à avoir confiance en sa bonté, à lui offrir toutes mes peines, à les regarder comme l'expiation de mes fautes, que je me sentais toujours heureux, tranquille, même dans la souffrance, tant j'étais sûr que le bon Dieu m'envoyait tout pour mon bien, et qu'en souffrant j'obtenais le pardon de mes péchés. Quelles belles prières nous faisions matin et soir au pied de notre croix ! Comme nous chantions avec ferveur nos cantiques et nos psaumes ! Oh ! mon père, mon père, que je vous remercie de m'avoir appris à être heureux malgré nos peines et nos chagrins ! C'est vous qui m'avez appris par vos paroles et par vos exemples à aimer Dieu, à vivre en chrétien. »

Il y eut encore une petite interruption, après laquelle Paul continua son récit : « Nous sommes restés ainsi cinq longues années à attendre un vaisseau, et sans avoir de nouvelles de notre pauvre Normand. L'année d'après son enlèvement, le chef revint voir le roi ; mon père parlait déjà bien son langage ; il lui demanda où était notre ami. Le chef répondit d'un air triste qu'il était perdu ; qu'il n'avait jamais voulu leur faire une maison comme celle que nous avions faite au roi, qu'il restait triste, silencieux, qu'il ne voulait les aider en rien, ni faire usage de sa hache ; qu'un beau jour enfin il avait disparu, on ne l'avait plus trouvé ; qu'il avait probablement pris un canot, et qu'il était ou noyé ou mort de faim et de soif. Nous fûmes bien attristés de ce que nous disait le chef. Le roi lui raconta tout ce que mon père lui avait appris, et lui chanta les cantiques et psaumes qu'il savait. Le chef demanda au roi de lui donner mon père, mais le roi le refusa avec colère. Le chef se fâcha ; ils commencèrent à s'injurier ; enfin le chef s'écria : « Eh bien ! toi non plus, tu n'auras pas cet ami que tu refuses de me prêter. » Et il leva sa massue pour en donner un coup sur la tête de mon père ; je devinai son mouvement et, m'élançant à son bras, je le mordis jusqu'au sang. Le chef me saisit, me lança par terre avec une telle force que je perdis connaissance ; mais j'avais eu le temps de voir mon père lui fendre la tête d'un coup de hache. Je ne sais pas ce qui se passa ensuite. Mon père m'a raconté qu'il y avait eu un combat terrible entre nos sauvages et ceux du chef, qui furent tous massacrés ; mon père fit des choses admirables de courage et de force. Autant de coups de hache, autant d'hommes tués. Moi, on m'avait emporté dans notre cabane. Après le combat, mon père accourut pour me soigner. Il me saigna avec la pointe de son couteau ; je revins à moi, à la grande surprise du chef. Je fus malade bien longtemps, et jamais mon père ne me quitta. Quand je m'éveillais, quand j'appelais, il était toujours là, me parlant de sa voix si douce, me soignant avec cette tendresse si dévouée. C'est à lui après Dieu que je dois la vie, très certainement. Je me rétablis ; mais j'avais tant grandi qu'il me fut impossible de remettre ma veste ni mon pantalon. Mon père me fit une espèce de blouse ou grande chemise, avec une étoffe de coton que fabriquent ces sauvages ; c'était très commode et pas si chaud que mes anciens habits. Mon père s'habilla de même, gardant son uniforme pour les dimanches et fêtes. Nous marchions nu-pieds comme les sauvages ; nous avions autour du corps une ceinture de lianes, dans laquelle nous passions nos couteaux, et mon père sa hache. Nous avions enfoncé dans le sable, au bord de la mer, une espèce de mât au haut duquel mon père avait attaché un drapeau fait avec des feuilles de palmier de différentes couleurs. Ce drapeau, surmonté d'un mouchoir blanc, devait indiquer aux vaisseaux qui pouvaient passer qu'il y avait de malheureux naufragés qui attendaient leur délivrance. Un jour, heureux jour ! nous entendîmes un bruit extraordinaire sur le rivage. Mon père écouta, un coup de canon retentit à nos oreilles. Vous dire notre joie, notre bonheur, est impossible. Nous courûmes au rivage, où mon père agita son drapeau ; un beau vaisseau était à deux cents pas de nous. Quand on nous aperçut, on mit un canot à la mer, une vingtaine d'hommes débarquèrent ; c'était un vaisseau français, l'*Invincible,* commandé par le capitaine Duflot. Les sauvages, attirés par le bruit, étaient accourus en foule sur le rivage. Dès que le canot fut à portée de la voix, mon père cria d'aborder. On fit force de rames. Les hommes de l'équipage sautèrent à terre ; mon père se jeta dans les bras du premier homme qu'il put saisir, et je vis des larmes rouler dans ses yeux. Il se nomma, raconta en peu de mots son naufrage. On le traita avec le plus grand respect, en lui demandant ses ordres. Il demanda si on avait du temps à perdre. L'enseigne qui commandait l'embarcation dit qu'on avait besoin d'eau et de vivres frais. Mon père leur promit bon accueil, de l'eau, des fruits, du poisson en abondance. Les hommes restèrent à terre et dépêchèrent le canot vers le vaisseau pour prendre les ordres du capitaine. Peu d'instants après, nous vîmes le capitaine lui-même monter dans la chaloupe et venir à nous. Il descendit à terre, salua amicalement mon père, qui le prit sous le bras, et, tout en causant, nous nous dirigeâmes vers le village ; nous rencontrâmes le roi, qui accourait pour voir le vaisseau merveilleux dont lui avaient déjà parlé ses sujets. Il frotta son oreille à celle du capitaine, auquel mon père expliqua que c'était un signe d'amitié. Le capitaine le lui rendit en riant. Le roi examinait attentivement les habits, les armes du capitaine et de sa suite. Les sauvages tournaient autour des hommes, couraient, gambadaient. On arriva au village. Mon père fit voir sa maison, que le capitaine admira très sincèrement ; c'était vraiment merveilleux que mon père eût pu faire, avec une simple hache et un couteau, tout ce qu'il avait fait. Je vous dirai plus tard tous les meubles, les ustensiles de ménage qu'il avait fabriqués, et tout ce qu'il a appris aux sauvages.

« Mon père demanda au capitaine s'il voulait s'embarquer avant la nuit. Le capitaine demanda vingt-quatre heures pour remplir d'eau fraîche ses tonneaux et pour faire une provision de poisson et de fruits. Mon père y consentit à regret : il désirait tant revoir la France, sa femme et son enfant ! Pour moi cela m'était égal ; j'aimais mon père par-dessus tout ; avec lui j'étais heureux partout ; je n'avais que lui à aimer dans le monde.

SOPHIE

Est-ce que tu n'aimais pas les petits sauvages qui t'aimaient tant ?

179

Je les aimais bien, mais j'avais passé ces cinq années avec la pensée et l'espérance de les quitter, et puis, ils étaient plutôt mes esclaves que mes amis ; ils m'obéissaient comme des chiens et ne me commandaient jamais ; ils prenaient mes idées, ils ne me parlaient jamais des leurs ; en un mot, ils m'ennuyaient ; et pourtant, je les ai regrettés ; leur chagrin quand je les ai quittés m'a fait de la peine. Tu vas voir cela tout à l'heure.

« Mon père alla dire au roi que le chef blanc, son frère (le capitaine), demandait de l'eau, du poisson et des fruits. Le roi parut heureux de faire plaisir à mon père en donnant à son ami ce qu'il demandait. Les sauvages se mirent immédiatement les uns à cueillir les fruits du pays (il y en avait d'excellents et inconnus en Europe), d'autres à pêcher des poissons pour les saler et les conserver. On servit un repas auquel tout le monde prit part et à la fin duquel mon père annonça au roi notre départ pour le lendemain. À cette nouvelle, le roi parut consterné. Il éclata en sanglots, se prosterna devant mon père, le supplia de rester. Les petits sauvages poussèrent des cris lamentables. Quand les autres sauvages surent la cause de ces cris, ils se mirent aussi à hurler, à crier ; de tous côtés on ne voyait que des gens prosternés, se traînant à plat ventre jusqu'aux pieds de mon père, qu'ils baisaient et arrosaient de larmes. Mon père fut touché et peiné de ce grand chagrin ; il leur promit qu'il reviendrait un jour, qu'il leur apporterait des haches, des couteaux et d'autres instruments utiles et commodes ; qu'en attendant il donnerait au roi sa propre hache et son couteau ; qu'il demanderait à son frère le chef blanc quelques autres armes et outils, qui seraient distribués au moment du départ. Il réussit enfin à calmer un peu leur douleur. Le capitaine proposa à mon père de nous emmener coucher à bord, de crainte que les sauvages ne nous témoignassent leur tendresse en nous enlevant la nuit et nous emmenant au milieu des terres. Mon père répondit qu'il allait précisément le lui demander. Quand les sauvages nous virent marcher vers la mer, ils poussèrent des hurlements de douleur ; le roi se roula aux pieds de mon père et le supplia, dans les termes les plus touchants, de ne pas l'abandonner. « Ô père ! que ferai-je sans toi ? disait-il. Qui m'apprendra à prier ton Dieu, à être juste, à trouver le chemin de ton ciel ? Et si je perds ce chemin, je ne te retrouverai donc jamais ! Ô père, reste avec tes frères, tes enfants, tes esclaves ! Oui, nous sommes tous tes esclaves, prends nos femmes, nos enfants pour te servir ; mène-nous où tu voudras, mais ne nous quitte pas, ne nous laisse pas mourir de tristesse loin de toi ! »

« Après ce discours, les petits sauvages m'en dirent autant, m'offrant d'être mes esclaves, de me faire régner à leur place après la mort de leur père, le roi.

« Mon père et moi, nous fûmes attendris, mais nous restâmes inexorables. Mon père promit de revenir le lendemain, et nous montâmes dans la chaloupe. Le beau visage de mon père devint radieux quand il se vit en mer, sur une embarcation française, entouré de Français. Il ne parlait pas ; je le regardais, et moi qui le connais si bien, je vis qu'il priait. Moi aussi, je remerciai Dieu, non de mon bonheur, que je ne comprenais pas, mais du sien. La joie remplit mon cœur, et je fus ingrat pour les sauvages par tendresse pour mon père.

— Mon bon Paul, interrompit M. de Rosbourg en lui serrant vivement la main, je ne saurais te dire combien ta tendresse me touche, mais je dois te rappeler à l'ordre en te disant que tu nous as promis toute la vérité ; or j'ai vainement et patiemment attendu le récit de deux événements que tu n'as certainement pas oubliés puisqu'il s'agissait de ma vie, et que je veux t'entendre raconter.

— Oh ! mon père, reprit Paul en rougissant, c'est si peu de chose, cela ne vaut pas la peine d'être raconté.

M. DE ROSBOURG

Ah ! tu appelles peu de chose les deux plus grands dangers que j'aie courus.

MARGUERITE

Quoi donc ? Quels dangers ? Paul, raconte-nous.

PAUL

C'est d'abord qu'un jour mon père a été piqué par un serpent et que les sauvages l'ont guéri ; et puis que mon pauvre père a fait une longue maladie et que les sauvages l'ont encore guéri.

182

Ah çà ! mon garçon, tu te moques de nous de nous raconter en deux mots de pareils événements. Puisque tu parles si mal, je prends la parole. Écoutez. *(Paul sourit et croise ses bras d'un air résigné.)* Un jour donc, nous étions entrés dans la forêt ; il faisait chaud ; pour ménager mes bottes, plus qu'à moitié usées, j'étais nu-pieds. Paul portait une espèce de chaussons de feuilles de palmier.

PAUL

Que mon père m'avait faits lui-même.

M. DE ROSBOURG

Eh oui ! que je lui avais faits. Voyez le beau mérite ! Enfin, j'étais nu-pieds. Je marche sur un serpent qui me pique. Je le dis à Paul et je cours vers la mer pour baigner la piqûre. À moitié chemin, la tête me tourne, les forces me manquent, je tombe, je vois ma jambe noire et enflée, je me sens mourir. Paul avait entendu dire aux sauvages que sucer une piqûre de serpent était un remède certain, mais que celui qui suçait s'exposait à mourir lui-même. Mon brave petit Paul (il avait dix ans alors) se jette à terre près de moi et suce ma piqûre. À mesure qu'il suçait le venin, je sentais la vie revenir en moi ; ma tête se dégageait ; les douleurs à la jambe disparaissaient. Enfin je repris tout à fait connaissance ; je me soulevai ; ma première pensée avait été pour Paul, que je ne voyais pas près de moi. Jugez de mon effroi lorsque je vis mon Paul, mon fils, se dévouant à la mort pour me sauver et suçant avec force cette affreuse piqûre. Je poussai un cri, je le saisis dans mes bras ; il se débattit, me supplia de le laisser achever. « Mon père, mon père, criait-il, il reste peut-être encore du venin ; laissez-moi continuer, laissez-moi vous sauver. Mon père, laissez-moi ! » Il se débattit si bien qu'il m'échappa ; j'eus un nouvel éblouissement dont il profita pour sucer ce qui restait de venin. Quand je repris de nouveau connaissance, je pus marcher jusqu'à la mer, appuyé sur l'épaule de mon cher petit sauveur. Pendant que je baignais ma jambe presque entièrement désenflée, Paul courut prévenir les sauvages, qui arrivèrent en toute hâte avec le roi ; ils m'emportèrent, me mirent sur la piqûre je ne sais quelles herbes ; en trois jours je fus guéri. Mais j'avais eu des inquiétudes terribles pour mon pauvre Paul, dont la bouche et la langue avaient enflé énormément. On lui fit mâcher des herbes, manger un certain coquillage, et, quelques heures après, l'enflure et la chaleur avaient disparu. Voilà un des faits que monsieur Paul s'était permis d'oublier. L'autre maintenant.

« Un soir, je me sentis mal à l'aise ; le chagrin me tuait ; ma femme et mon enfant que je ne devais peut-être jamais revoir, mes inquiétudes sur l'avenir de ce cher Paul, remplissaient mon cœur d'une douleur d'autant plus amère que je la dissimulais à ce pauvre enfant si plein de tendresse pour moi, si désolé de mes moindres tristesses, si heureux de mes moindres gaietés. Le jour je dissimulais de mon mieux mon chagrin ; mais la nuit, pendant le sommeil de cet enfant qui m'était devenu si cher, je m'y

184

laissais aller, et j'avoue, à la honte de mon courage de chrétien, que je passais les nuits à pleurer et à prier. Depuis quatre ans que je menais cette vie de misère, ma santé avait résisté ; mais au bout de ce temps la force m'abandonna, la fièvre me prit et je tombai malade de ce que nous appelons en France une fièvre typhoïde. Pendant soixante-douze jours que dura ma maladie, mon Paul ne me quitta pas un instant ; nuit et jour je le retrouvais au chevet de mon grabat, épiant mon réveil, devinant mes désirs. Seul il a veillé à tous mes besoins, il m'a soigné avec ce que je puis nommer le génie de l'amour. Il m'avait entendu parler du bien que pouvait faire un vésica-toire ou tout autre moyen d'irriter la peau ; les sau-vages avaient une plante qui faisait venir sur la peau des rougeurs et même des cloques en l'y laissant longtemps séjourner. Cet enfant de dix ans, me voyant la tête prise, me mit de cette plante sous les pieds, puis aux mollets, puis d'un côté, puis d'un autre, jusqu'à ce que ma tête fût tout à fait dégagée. Pendant deux mois il continua l'application de cette plante, avec la sagacité d'un médecin, l'interrompant quand j'allais mieux, la remettant quand j'allais plus mal ; il pansait mes plaies avec du gras de poisson frais ; il me changeait de grabat en me préparant à côté du mien une nouvelle couche de feuilles fraîches. Il me coulait dessus, petit à petit, d'abord par la tête et les épaules, puis par les jambes. J'étais si faible que je ne pouvais m'aider en rien. Les sau-vages étaient si maladroits et si brusques, que leur aide me faisait gémir malgré moi ; Paul ne voulut plus qu'ils me touchassent. Il me donnait à boire du lait de coco ou de l'eau fraîche avec quelques gouttes de citron. Tout le temps de ma longue maladie, ma cabane fut propre et rangée comme si je venais d'y entrer. Aussi, quand je fus en état de comprendre et de voir, avec quelle douleur je regardai le visage hâve, pâle, amaigri, de mon pauvre enfant ! Combien je me reprochai de m'être laissé aller à un chagrin coupable et si contraire à la résignation d'un chrétien ! Comme je fus touché et reconnaissant du dévouement de cet enfant, et comme je m'attachai à lui et à la vie à cause de lui ! Il avait passé les heures, les jours, les semaines, à me soigner et à prier pour moi, tandis que, près de lui, je mourais du chagrin d'être loin de vous, ma femme et ma Marguerite. Je demandai pardon à Dieu, je demandai du courage et une résignation plus chrétienne, et je guéris. Voyez, mes amis, si j'ai raison d'aimer mon Paul comme j'aime ma Marguerite. Il m'a deux fois sauvé la vie, il m'a sauvé du désespoir, de la mort du cœur. Et c'est toi, mon fils, qui me remercies, c'est toi qui prétends me devoir de la reconnaissance ! Ah ! Paul, tu te souviens de mes bienfaits, et tu oublies trop les tiens. »

En achevant ces mots, M. de Rosbourg se leva et réunit dans un seul et long embrassement son fils Paul et sa fille Marguerite. Tout le monde pleurait. Mme de Rosbourg, à son tour, saisit Paul dans ses bras et, l'embrassant cent et cent fois, elle lui dit :

« Et tu me demandais si tu pouvais m'appeler ta mère ? Oui, je suis ta mère, ta mère reconnaissante. Sois et reste toujours mon fils, comme tu es déjà celui de mon mari. »

Quand l'émotion générale fut calmée, que Paul fut embrassé par tous, les parents s'aperçurent qu'il était bien tard, que l'heure du coucher était passée depuis longtemps. Chacun se retira, et jamais les prières et les actions de grâces ne furent plus ferventes que ce soir-là.

Chapitre 10

Fin du récit
de Paul

Le lendemain, les enfants entourèrent Paul avec une amitié mélangée de respect. Sa piété si fervente, sa reconnaissance dévouée pour son père adoptif, son courage, sa modestie, avaient inspiré aux enfants une tendresse presque respectueuse. Marguerite était heureuse d'avoir un pareil frère. Sophie était fière d'avoir Paul pour cousin et ami d'enfance.

« N'oublie pas, lui dit Jacques quand ils furent seuls, que tu as promis d'être mon ami, toujours, toujours.

PAUL

Je ne l'oublierai certainement pas, mon petit ami ; je t'aimerai pour deux raisons : d'abord pour toi-même, et ensuite parce que tu aimes Marguerite et qu'elle t'aime comme un frère.

188

JACQUES

C'est vrai ! et comme Marguerite est ta sœur, moi je suis ton frère.

PAUL

Précisément ; nous sommes trois au lieu d'un que nous étions il y a quelques jours.

JACQUES

Comme c'est drôle pourtant ! Je ne te connaissais même pas la semaine dernière, et à présent tu es mon frère.

« Et ce qui est plus drôle encore, c'est que je t'aime déjà plus que je n'aime mes cousins. Ne le leur dis pas, mais Marguerite et moi nous n'aimons pas du tout Léon.

PAUL

Et Jean ? il paraît bien bon.

JACQUES

Oh ! Jean est excellent, mais je ne sais pas pourquoi je t'aime plus que lui.

PAUL

Parce que je suis nouveau, et que tu ne connais pas encore mes défauts.

JACQUES

M. de Rosbourg dit que tu n'as pas de défauts.

189

PAUL

Il est si bon lui-même, qu'il ne voit pas les défauts des autres, et surtout de ceux qu'il aime.

JACQUES

Si fait, si fait, il les voit bien ; il a bien vu tout de suite que j'étais taquin ; il a bien vu que Jean était colère, que Léon était poltron et égoïste.

PAUL

Ah mais ! mon petit frère, je vais te faire un *halte-là !* comme fait mon père quand on dit des méchancetés. Laisse donc ce pauvre Léon tranquille et ne t'occupe pas de lui.

JACQUES

Mais, Paul, puisque tu es mon frère et mon ami, je puis bien te dire ce que je pense. Et je t'assure que, si je ne le dis pas à quelqu'un, cela m'étouffera.

PAUL, *l'embrassant.*

Dis alors, dis, mon ami ; avec moi ce sera comme si tu n'avais pas parlé ; mais aussi je t'avertirai quand tu diras ou feras quelque chose de mal.

JACQUES

Oh ! merci, mon frère ! À présent je vois bien que tu es mon vrai ami. Je te dirai donc que non seulement je n'aime pas Léon, mais que je le déteste, que je me moque de lui tant que je peux, que je le taquine tant que je peux, que je suis enchanté que Marguerite le déteste, et que nous serons très contents quand il s'en ira.

Jacques, crois-tu que ce soit bien, tout cela ? que ce soit agréable au bon Dieu ?

JACQUES, *après un instant de réflexion.*

Je crois que non.

PAUL

Alors, si tu sais que c'est mal, je n'ai plus rien à t'apprendre. Rappelle-toi seulement que le bon Dieu fera pour toi comme tu fais pour les autres, avec la différence que, toi, tu n'as pas de puissance, et que Dieu est tout-puissant, qu'il peut te punir, quand, toi, tu ne peux que souhaiter du mal à Léon.

JACQUES

C'est vrai, c'est très vrai. Je le dirai à Marguerite. Oh ! quel excellent frère nous avons. »

Et Jacques courut chercher Marguerite pour lui dire de tâcher d'aimer Léon. Paul le regarda partir en souriant et se dit tout bas :

« Quel excellent garçon que ce cher petit Jacques ! et quelle bonne et charmante sœur le bon Dieu m'a donnée en Marguerite ! J'étais déjà bien heureux avec mon cher père ; mais à présent ! Je suis si heureux que mon cœur déborde ! Comme ils sont tous bons et aimables ! Camille, Madeleine, ma pauvre Sophie !

Et Jean aussi ! Quant à Léon, Jacques n'a pas tout à fait tort, mais n'oublions pas ce que me répétait toujours mon père : *La charité, la charité, Paul !* »

Paul alla retrouver ses amis, qui l'attendaient pour faire une visite à Lecomte. M. de Rosbourg y était déjà avec sa femme et Marguerite ; Mme de Fleurville, ses sœurs et ses frères étaient allés voir de pauvres gens dont la maison avait été brûlée quelques jours auparavant et qu'ils voulaient leur faire rebâtir.

« Mon père est parti sans moi, dit Paul. Chez les sauvages il n'allait nulle part sans moi.

JEAN

Mais nous ne sommes pas dans un pays de sauvages, Paul, et il faudra bien qu'il te quitte quelquefois.

LÉON

D'ailleurs chez les sauvages il n'avait que toi, et ici il a sa femme et sa fille ; et on aime toujours mieux un enfant véritable qu'un enfant adoptif.

— C'est vrai, dit Paul tristement.

— Non, ce n'est pas vrai, s'écria Jacques. Ton père a dit hier, Paul, qu'il t'aimait autant que Marguerite, qu'il t'aimerait toujours autant, que tu lui avais sauvé deux fois la vie. Ce que dit Léon est un mensonge et une méchanceté.

— Menteur toi-même, répondit Léon furieux ; demande-moi pardon tout de suite, ou je te rosse d'importance.

Non, je ne te demanderai pas pardon, quand tu devrais me tuer. »

Avant qu'on ait eu le temps de l'en empêcher, Léon donna au pauvre Jacques un coup de poing qui le jeta par terre. Alors Paul saisit Léon par le bras et lui dit d'un ton impérieux :

« Lâche ! demande pardon toi-même, à genoux devant Jacques. »

Léon, hors de lui, voulut dégager son bras de l'étreinte de Paul, mais il ne réussit qu'à lui donner quelques coups de poing de la main qui restait libre ; ce que voyant, Paul, il lui saisit les deux bras, le ploya malgré sa résistance, le mit à genoux de force devant Jacques, et, le tenant prosterné à terre, il lui répétait : « Demande pardon. » À chaque refus, il lui faisait baiser rudement la terre. À la troisième fois, Léon cria : « Pardon, pardon ! » Paul le lâcha, lui donna un coup d'œil méprisant. « Relève-toi, lui dit-il, et souviens-toi que, si tu attaques Jacques, ou Marguerite, ou Sophie, tu recevras la même correction ; le nez à terre, le front dans la poussière. » Puis, se retournant vers ses amis : « Ai-je eu tort ? dit-il. — Non, répondirent-ils tous ensemble. — Ai-je été trop rude pour lui ? — Non, répondirent-ils encore. — Merci, mes amis ; à présent allons rejoindre mon père ; je lui raconterai ce qui s'est passé. Donne-moi la main, mon pauvre Jacques, mon cher et courageux petit défenseur. — Je suis ton frère », répondit Jacques.

Paul lui serra affectueusement la main, et il se mit en route accompagné de ses amis et sans même jeter un regard sur Léon, resté seul, les vêtements et les cheveux en désordre, honteux mais pas repentant. « Il est bien plus fort que moi, dit-il, je ne peux pas l'attaquer ouvertement ; je ne puis me venger qu'en lui disant des choses désagréables comme tout à l'heure. Si ce petit gueux de Jacques n'avait pas été là, il l'aurait cru tout de même ; j'aurais réussi à l'humilier. Je déteste ces garçons qui se croient plus beaux, plus forts et meilleurs que tout le monde. Mes cousines le trouvent superbe ; je ne vois pas ce qu'il a de beau avec ses énormes yeux noirs, bêtes et méchants, son nez droit comme un nez d'empereur romain, sa bouche imbécile et souriante pour montrer ses dents, ses cheveux ni noirs ni blonds, et bouclés comme ceux d'une fille, sa grande taille, ses gros bras robustes et ses larges épaules comme s'il était un charretier. Tout cela serait bien pour un marchand de bœufs ou de cochons ; mais, pour un monsieur qui se croit plus qu'un prince, c'est commun, c'est laid, c'est affreux ! Dieu, qu'il est décidément laid ! J'espère bien, ajouta-t-il, qu'il n'aura pas la bêtise de tout raconter à M. de Rosbourg, comme il l'a dit pour m'effrayer. En voilà encore un que je n'aime pas. »

Et Léon, consolé par ses propres paroles, s'en retourna à la maison pour nettoyer ses habits et peigner ses cheveux.

Les enfants avaient rejoint M. et Mme de Rosbourg et Marguerite. Ils trouvèrent Lecomte dans la joie, parce que M. de Rosbourg venait de lui promettre qu'il le prendrait à son service, que sa femme serait près de Mme de Rosbourg comme femme de

194

charge. Lucie devait être plus tard femme de chambre de Marguerite.

Ils restèrent quelque temps chez Lecomte, qui leur raconta comment il s'était échappé de chez les sauvages. « Je les ai tout de même bien attrapés, et ils n'ont rien gagné à m'avoir séparé de mon commandant et de M. Paul. Ils croyaient que j'allais leur bâtir des maisons. « Plus souvent, que je leur dis, tas de gueux, chiens de païens, plus souvent que je serai votre manœuvre, votre serviteur. Je ne reconnais que deux maîtres : Dieu et mon commandant. » Ils m'écoutaient parler, les imbéciles ; bien entendu qu'ils n'y comprenaient seulement rien ; ils n'ont pas assez d'esprit pour comprendre seulement bonjour et bonsoir. Ils me montraient toujours ma hache. « Eh bien ! qu'est-ce que vous lui voulez à ma hache ? que je leur dis. Croyez-vous qu'elle va travailler pour vous, cette hache ? Elle ne vous coupera pas seulement un brin d'herbe. » Et comme ils avaient l'air de vouloir me la prendre : « Essayez donc, que je leur dis en la brandissant autour de ma tête, et le premier qui approche je le fends en deux depuis le sommet de la tête jusqu'au talon. » Ils ont eu peur tout de même, et m'ont laissé tranquille pendant quelques jours. Puis j'ai vu que ça se gâtait ; ils me regardaient avec des yeux, de vrais yeux de diables rouges. Si bien qu'une nuit, pendant qu'ils dormaient, je leur ai pris un de leurs canots, pas mal fait tout de même pour des gens qui n'ont que leurs doigts, et me voilà parti. J'ai ramé, ramé, que j'en étais las. J'aperçois terre à l'horizon ; j'avais soif, j'avais faim ; je rame de ce côté et j'aborde ; j'y trouve de l'eau, des coquillages, des fruits. J'amarre mon canot, je bois, je mange, je fais un somme. Je charge mon canot de fruits, d'eau que je mets dans des noix de coco évidées, et me voilà reparti. Je suis resté trois jours et trois nuits en mer. J'allais où le bon Dieu me portait. Les provisions étaient finies ; l'estomac commençait à tirailler et le gosier à sécher, quand je vis encore terre. J'aborde ; j'amarre, je trouve ce qu'il faut pour vivre ; arrive une tempête qui casse mon amarre, emporte mon canot, et me voilà obligé de devenir colon dans cette terre que je ne connaissais pas. J'y ai vécu près de cinq ans, attendant toujours, demandant toujours du secours au bon Dieu, et ne désespérant jamais. Rien pour me remonter le cœur, que l'espérance de revoir mon commandant, ma femme et ma Lucie. Un jour je bondis comme un chevreuil : j'avais aperçu une voile, elle approchait ; je hissai un lambeau de chemise, on l'aperçut, il vint du monde ; quand ils me virent, je vis bien, moi, que ce n'étaient pas des Français. Au lieu de m'aider et de me vêtir, car j'étais nu, sauf votre respect, ces brigands-là se détournaient de moi avec un : « Oh ! shocking, shocking ! — Bêtes brutes, que je leur répondis, donnez-moi des habits, et vos diables de joues resteront bises comme du vieux cuir et n'auront pas à rougir de ce que je ne peux pas empêcher, moi. » Ils m'ont jeté une chemise et un pantalon qu'ils avaient apportés de précaution. Dieu me pardonne ! C'étaient des Anglais, pas des amis pour lors ; ils m'ont pourtant ramassé, mais ils m'ont traîné avec eux pendant six mois. Je m'ennuyais, j'ai fait leur ouvrage, et joliment fait encore ! Ils ne m'ont seulement pas dit merci ; et, quand ils m'ont débarqué au Havre, ils ne m'ont laissé que ces méchants habits que j'avais sur le dos quand vous m'avez trouvé dans la forêt, messieurs, mesdames, et pas un shilling avec. Mais je n'en aurais pas voulu de leur diable d'argent anglais. L'Anglais, ça ne va pas avec le Français. Si jamais je les rencontre, ceux-là, et que je puisse leur frotter les épaules, je ne leur laisserai pas de poussière sur leurs habits ; pour ça non ; une raclée, et solide encore. Pas vrai, mon commandant ?

— Avant de les frotter, mon Normand, laissons le bon Dieu leur donner une lessive dans leurs Indes ; notre tour viendra, sois tranquille. »

On prit congé des Lecomte. Quand on fut en route pour revenir, M. de Rosbourg appela Paul.

« Paul, mon garçon, tu as quelque chose à me dire ; j'ai vu ça tout de suite, dès que tu es arrivé. Je connais si bien ta physionomie ! Eh bien, tu hésites ? Comment, Paul, ne suis-je plus ton ami, ton père ?

— Oh ! toujours, toujours, mon père ! mais c'est qu'il ne s'agit plus de moi seul. Pour être sincère, il faut que j'accuse quelqu'un.

M. DE ROSBOURG

Dis toujours, mon ami. Je sais que tu n'accuseras jamais à faux. Veux-tu que je reste seul avec toi ? Tu seras plus à ton aise en tête-à-tête avec ton père, comme nous l'avons été pendant plus de cinq ans.

197

Oh non ! mon père. Ma mère et ma sœur ne sont pas de trop ; quant à mes amis, ils savent ce que j'ai à dire. »

Et Paul raconta, sans rien omettre, tout ce qui s'était passé entre lui, Jacques et Léon.

« Je vous le dis, mon père, pour que vous sachiez comme jadis toutes mes actions et toutes mes pensées et puis aussi pour que vous me disiez si j'ai mal fait et ce que je dois faire pour réparer mon tort.

— Tu as bien fait, mon ami, tu ne devais pas faire autrement ; ton petit ami avait été battu pour nous avoir défendus contre la méchante langue de Léon ; tu devais prendre violemment parti pour lui. Tu n'as eu qu'un tort, mon enfant, et ce tort c'est moi qui en souffre. » Paul regarda M. de Rosbourg avec surprise et effroi. M. de Rosbourg sourit, lui prit la tête entre ses mains, et le baisa au front. « Oui, comment as-tu cru un instant, un seul instant, que je te négligeais parce que je trouvais d'autres et meilleurs que toi à aimer ? Je t'aime de toutes les forces de mon cœur et, je le jure, à l'égal de Marguerite ; il n'y a qu'une différence, c'est que Marguerite est nouvelle pour moi et que, toi, je te suis attaché non seulement par le cœur, mais par l'habitude, les souvenirs et la reconnaissance. Tu ne seras pas jalouse, ma petite Marguerite ? ajouta-t-il en l'embrassant. Aime bien ce frère que je t'ai donné ! aime-le, tu n'en trouveras jamais un pareil. » Et, après les avoir tendrement embrassés tous deux, il reprit le bras de sa femme et continua son chemin, suivi des enfants.

Paul était heureux de l'approbation et de la tendresse de son père ; il reprit toute sa gaieté, son entrain, et la promenade s'acheva joyeusement, au milieu des rires, des courses et des jeux improvisés par Paul, Jacques et Jean.

Le soir, Sophie rappela que Paul n'avait pas entièrement terminé l'histoire de leur délivrance. Tout le monde en ayant demandé la fin, Paul reprit le récit interrompu la veille.

« Il ne me reste plus grand-chose à raconter. Je me retrouvai avec bonheur sur un vaisseau français. Je reconnus beaucoup de choses pareilles à celles que j'avais vues sur la *Sibylle*. J'avais tout à fait oublié le goût des viandes et des différents mets français. Je trouvai très drôle de me mettre à table, de manger avec des fourchettes, des cuillers, de boire dans un verre. Le dîner fut très bon ; je goûtai une chose amère, que je trouvai mauvaise d'abord, bonne ensuite. C'était de la bière. Je pris du vin, que je trouvai excellent ; mais je n'en bus que très peu, parce que mon père me dit que je serais ivre si j'en avalais beaucoup. Ce qui me rendait plus heureux que tout cela, c'était le bonheur de mon père : ses yeux brillaient comme je ne les avais jamais vus briller ; je suis sûr qu'il aurait voulu embrasser tous les hommes de l'équipage.

— Tiens, tu as deviné cela, dit M. de Rosbourg en souriant. Tu es donc sorcier ? C'est qu'il a, ma foi, raison.

199

PAUL, *continuant.*

Je ne suis pas sorcier, mon père, mais je vous aime, et je devine tout ce que vous pensez, tout ce que vous sentez.

— Mais alors, imbécile, reprit M. de Rosbourg en riant, tu dois voir ce qu'il y a pour toi au fond de ce cœur, et ne pas croire que je puisse t'aimer moins.

PAUL

C'est vrai, mon père, aussi je suis content.

M. DE ROSBOURG, *riant toujours.*

C'est bien heureux.

PAUL

Où en étais-je donc ?

JACQUES

À ton premier repas sur l'*Invincible*.

— C'est vrai. Tu t'es bien souvenu du nom, Jacques. Tu n'oublierais pas non plus le capitaine ni l'équipage, si tu les avais connus. Tous si bons et si braves ! Après le souper, je me retirai avec mon père dans une cabine qu'on nous avait préparée. Oh ! comme nous fîmes une longue et fervente prière ! Comme mon pauvre père pleurait en remerciant Dieu ! Je voyais bien que c'était de la joie, mais c'était si fort que j'eus peur.

200

Ah ! c'est comme moi, le soir que papa a fait sa première prière avec moi. Il pleurait, mon pauvre papa, si fort, si fort, que j'ai eu peur comme toi. Mais il m'a dit que c'était de bonheur, et je me suis endormie tout en sentant ses larmes sur ma main. »

Marguerite embrassa son papa en finissant ; il la serra contre son cœur pour toute réponse.

PAUL

Le lendemain, après une bonne nuit dans ce hamac, qui me parut un lit délicieux, on nous apporta des vêtements. L'habit de mon père était superbe, avec de l'or partout ; le mien était un habillement de mousse ; c'était très joli. Après un bon déjeuner, nous retournâmes voir nos sauvages qui nous attendaient sur le rivage. Le capitaine nous avait donné une escorte nombreuse, de peur que les sauvages ne voulussent nous garder de force. Le roi et mes jeunes amis vinrent nous recevoir ; ils avaient l'air triste et abattu. Après quelques heures passées ensemble, le roi demanda à mon père une dernière grâce. « Tu nous as appris ta religion, tu nous as montré à prier ton Dieu, tu nous as dit que ceux qui ne recevaient pas l'eau sacrée sur la tête ne seraient pas avec toi dans ton ciel. Nous aimons ton Dieu, nous croyons en lui, et nous voulons te rejoindre près de lui. Verse sur nous l'eau du baptême, pour que nous soyons chrétiens comme toi. » « Ces braves gens me touchent », dit mon père au capitaine. Et, s'adressant au roi : « Je ferai comme tu désires, lui dit-il. Je sais que tu aimes mon Dieu, que tu le connais, que tu le pries. Je verserai l'eau du baptême sur ta tête et sur celle de tes fils. Ceux de tes sujets qui voudront être baptisés le seront après toi. » Le roi remercia tendrement et tristement mon père ; tout le monde s'achemina vers le village et le ruisseau. Mon père baptisa le roi et ses fils ; puis tous les sauvages demandèrent le baptême avec leurs femmes et leurs enfants. La cérémonie ne finit qu'à la nuit ; mon père pouvait à peine se soutenir de fatigue. « Vous voilà chrétiens, leur dit-il ; n'oubliez pas mes conseils : vivez en paix entre vous, aimez Dieu, aimez vos frères, pardonnez à vos ennemis. Adieu, mes amis, adieu. Je ne vous oublierai jamais ; nous nous retrouverons près de mon Dieu. » Il voulut partir ; mais ce fut une telle explosion de douleur, un tel empressement de lui baiser les pieds, de lui frotter l'oreille, que lui et moi nous eussions été étouffés, si nos braves compatriotes ne s'étaient groupés autour de nous pour écarter les sauvages, et ne nous avaient fait un rempart de leurs corps jusqu'à la mer. Au moment de s'embarquer, mon père donna au roi sa hache et son couteau. Je donnai un couteau à chacun de mes petits amis. Le capitaine avait fait porter sur la chaloupe cent cinquante haches et deux cents couteaux, que mon père distribua aux sauvages. Il leur donna aussi des clous et des scies, des ciseaux, des épingles et des aiguilles pour les femmes. Ces présents causèrent une telle joie que notre départ devint facile. La nuit était venue quand nous arrivâmes à l'*Invincible*. Deux heures après on appareilla, c'est-à-dire qu'on se mit en marche ; le lendemain, la terre avait disparu ; nous étions en pleine mer. Notre voyage fut des plus heureux ; trois mois après, nous arrivions au Havre, où recommencèrent les joies de mon père, qui se sentait si près de ma mère et de ma sœur. Nous partîmes immédiatement pour Paris ; nous courûmes au ministère de la Marine, où nous rencontrâmes M. de Traypi. Mon père repartit sur-le-champ pour Fleurville, où M. de Traypi nous fit arriver par la ferme, de peur d'un trop brusque saisissement pour ma pauvre mère. Il y avait dix minutes à peine que nous étions arrivés, lorsque Mme de Rosbourg rentra. J'entendis son cri de joie et celui de mon père ; j'étais heureux aussi, et je riais tout seul, lorsque Sophie se précipita dans la chambre et à mon cou. Vous savez le reste. »

Quand Paul eut ainsi terminé son récit, chacun le remercia et voulut l'embrasser. Mme de Rosbourg le tint longtemps pressé sur son cœur ; M. de Rosbourg le regardait avec attendrissement et fierté. Marguerite et Jacques sautaient à son cou et lui adressaient mille questions sur ses petits amis sauvages, sur leur langage, leur vie. L'heure du coucher vint mettre fin comme toujours à cette intéressante conversation. Léon ne s'y était pas mêlé ; il était resté sombre et silencieux, regardant Paul d'un œil jaloux, Marguerite et Jacques d'un air de dédain, et repoussant avec humeur Sophie et Jean, quand ils s'approchaient et lui parlaient. Camille et Madeleine étaient les seules qu'il paraissait aimer encore, et les seules qu'il voulut bien embrasser quand on se sépara pour aller se coucher.

Chapitre 11

Les revenants

Léon se sentait embarrassé envers Paul, il l'évitait le plus possible ; mais ce n'était pas chose facile, parce que tous les enfants aimaient beaucoup leur nouvel ami, et qu'ils étaient presque toujours avec lui. Paul, que cinq années d'exil avaient rendu plus adroit, plus intelligent et plus vigoureux qu'on ne l'est en général à son âge, leur apprenait une foule de choses pour l'agrément et l'embellissement de leurs cabanes. Il leur proposa d'en construire une comme celle que son père et Lecomte avaient bâtie chez les sauvages. Les enfants acceptèrent cette proposition avec joie. Ils se mirent tous à l'œuvre sous sa direction. M. de Rosbourg venait quelquefois les aider ; ces jours-là c'était fête au jardin. Paul et Marguerite étaient toujours heureux quand ils se trouvaient en présence de leur père ; tous les autres enfants aimaient aussi beaucoup M. de Rosbourg, qui partageait leurs plaisirs avec une bonté, une complaisance et une gaieté qui faisaient de lui un compagnon de jeu sans pareil. Léon, qui s'était tenu un peu à l'écart dans les commencements, finit par ressentir comme les autres l'influence de cette aimable bonté. Il avait perdu de son éloignement pour M. de Rosbourg et pour Paul. Ce dernier recherchait toutes les occasions de lui faire plaisir, de le faire paraître à son avantage, de lui donner des éloges. Un soir que Paul avait beaucoup vanté un petit meuble que venait de terminer Léon, celui-ci, touché de la générosité de Paul, alla à lui et lui tendit la main sans parler. Paul la serra fortement et lui dit avec ce sourire bon et affectueux qui lui attirait toutes les sympathies : « Merci, Léon, merci. » Ces seuls mots, dits si simplement, achevèrent de fondre le cœur de Léon, qui se jeta dans les bras de Paul en disant : « Paul, sois mon ami comme tu es celui de mes frères, cousins et amis. Je rougis de ma conduite envers toi, envers le petit Jacques. Oui, je suis honteux de moi-même ; j'ai été jaloux de toi, je t'ai détesté, je me suis conduit comme un mauvais cœur ; j'ai détesté ton excellent père. Toi qui lui dis tout, dis-lui combien je suis repentant et honteux ; dis-lui que je t'aimerai autant que je te détestais, que je tâcherai de t'imiter autant que j'ai cherché à te dénigrer ; dis-lui que je le respecterai, que je l'aimerai tant, qu'il me rendra son estime. N'est-ce pas, Paul, tu lui diras, et toi-même tu me pardonneras, tu m'aimeras un peu ?

PAUL

Non, pas un peu, mais beaucoup. Je savais bien que cela ne durerait pas. Je comprends si bien ce que tu as dû éprouver en voyant un étranger prendre pour ainsi dire de force l'amitié et les soins de ta famille et de tes amis ! Puis l'intérêt que j'excitais parce que j'étais le cousin de Sophie, parce que je venais de chez des sauvages ; l'attention qu'on a prêtée à mon récit ; tout cela t'a ennuyé, et tu as cru que je prenais chez les tiens une place qui ne m'appartenait pas.

LÉON

Tu expliques tout avec ta bonté accoutumée, Paul ; j'en suis reconnaissant, je t'en remercie.

JACQUES

Mais pourquoi ça n'a-t-il pas fait le même effet sur nous autres, Paul ? Ni Jean, ni mes cousines, ni Sophie, ni Marguerite, ni moi, nous n'avons pas du tout pensé ce que tu dis là.

PAUL, *embarrassé.*

Parce que, parce que tout le monde ne pense pas de même, mon petit frère ; et puis, vous êtes tous plus jeunes que Léon, et alors...

JACQUES

Alors quoi ? Je ne comprends pas du tout.

PAUL

Eh bien, alors... vous êtes trop bons pour moi ; voilà tout.

SOPHIE, *riant.*

Ha ! ha ! ha ! voilà une explication qui n'explique rien du tout, mon pauvre Paul. Les sauvages ne t'ont pas appris à faire comprendre tes idées.

LÉON

Non, mais son bon cœur lui fait comprendre qu'il est doux de rendre le bien pour le mal, et son bon exemple me fait comprendre à moi la générosité de son explication. »

Paul allait répondre, lorsqu'ils entendirent des cris d'effroi du côté du château ; ils y coururent tous, et trouvèrent leurs parents rassemblés autour d'une femme de chambre sans connaissance ; près d'elle, une jeune ouvrière se tordait en attaque de nerfs, criant et répétant :

« Je le vois, je le vois. Au secours ! il va m'emporter ! il est tout blanc ! ses yeux sont comme des flammes ! Au secours ! au secours !

— Qu'est-ce donc, mon père ? demanda Paul avec empressement ; pourquoi cette femme crie-t-elle comme si elle était entourée d'ennemis ?

M. DE ROSBOURG

C'est quelque imbécile qui a voulu faire peur à ces femmes, et qui leur a apparu en fantôme. Nous allons faire une battue, ces messieurs et moi. Viens

207

avec nous, Paul ; tu as de bonnes jambes, tu nous aideras à faire la chasse au fantôme.

— Est-ce que tu n'auras pas peur ? lui dit tout bas Marguerite.

Peur ? d'un fantôme ?

Non, mais d'un homme, d'un voleur peut-être.

Je ne crains pas un homme, ma petite sœur ; pas même deux, ni trois. Mon père m'a appris la boxe, la savate : avec cela on se défend bien et on attaque sans crainte. »

Et Paul courut en avant de ces messieurs ; ils disparurent bientôt dans l'obscurité. Les domestiques avaient emporté la femme de chambre évanouie, l'ouvrière en convulsions ; Mme de Fleurville et ses sœurs les avaient suivies pour leur porter secours. Mme de Rosbourg, que sa tendresse pour son mari rendait un peu craintive, était restée sur le perron avec les enfants. On n'entendait rien, à peine quelques pas dans le sable des allées, lorsque tout à coup un éclat de voix retentit, suivi de cris, de courses précipitées ; puis on n'entendit plus rien. Les enfants étaient inquiets ; Marguerite se rapprocha de sa mère.

Maman, papa et Paul ne courent aucun danger, n'est-ce pas ?

MADAME DE ROSBOURG, *avec vivacité.*

Non, non, certainement non.

MARGUERITE

Mais alors, pourquoi votre main tremble-t-elle, maman ? comme si vous aviez peur.

— Ma main ne tremble pas », dit Mme de Rosbourg en retirant sa main de celles de Marguerite.

Marguerite ne dit rien, mais elle resta certaine d'avoir senti la main de sa mère trembler dans la sienne. Quelques instants après on entendit un bruit de pas, des rires comprimés, et on vit apparaître Paul traînant un fantôme prisonnier, que M. de Rosbourg poussait par-derrière avec quelques coups de genou et de talon.

« Voici le fantôme, dit-il. Il était caché dans la haie, mais nous l'avons aperçu ; nous avons crié trop tôt, il a détalé ; Paul a bondi par-dessus la haie, l'a serré de près et l'a arrêté ; le coquin criait grâce, et allait se débarrasser de son costume quand nous les avons rejoints. Nous l'avons forcé à garder son drap, pour vous en donner le spectacle. Il ne voulait pas trop avancer, mais Paul l'a traîné, moi aidant par-derrière. Halte-là ! à présent ! Ôte ton drap, coquin, que nous reconnaissions ton nom à ton visage. » Et, comme le fantôme hésitait, M. de Rosbourg, malgré sa résistance, lui écarta les bras et arracha le drap qui couvrait toute sa personne. On reconnut avec surprise un ancien garçon meunier de Léonard.

« Pourquoi as-tu fait peur à ces femmes ? demanda M. de Rosbourg. Réponds, ou je te fais jeter dans la prison de la ville.

— Grâce ! mon bon monsieur ! Grâce ! s'écria le garçon tremblant. Je ne recommencerai pas, je vous promets.

— Cela ne me dit pas pourquoi tu as fait peur à ces deux femmes, reprit M. de Rosbourg. Parle, coquin, et nettement. Qu'on te comprenne.

LE GARÇON

Mon bon monsieur, je voulais emprunter quelques légumes au jardin des Relmot, et ces dames étaient sur mon chemin.

M. DE ROSBOURG

C'est-à-dire que tu voulais voler les légumes des pauvres Relmot, et que tu as fait peur à ces femmes pour t'en débarrasser, pour faire peur aussi aux voisins, et les empêcher de mettre le nez aux fenêtres.

LE GARÇON

Grâce, mon bon monsieur, grâce !

M. DE ROSBOURG

Pas de grâce pour les voleurs !

LE GARÇON

Ce n'étaient que des légumes, mon bon monsieur.

Après les légumes viennent les fruits, puis le grain, puis l'argent ; on fait d'abord le fantôme, puis on égorge son monde, c'est plus sûr. Pas de grâce, coquin ! Paul, appelle notre brave Normand, il va lui faire son affaire, et remettre ce drôle entre les mains de ses bons amis les gendarmes. »

Le voleur voulut s'échapper, mais M. de Rosbourg lui saisit le bras et le serra à le faire crier. Paul revint bientôt avec Lecomte, qui, sachant la besogne qu'il allait avoir, avait apporté une corde pour lier les mains du voleur et le mener en laisse jusqu'à la ville. Ce fut bientôt fait.

« Allons, marche, Cartouche[1], lui dit Lecomte, et ne te fais pas tirer : je n'aime pas ça, moi, et je t'aiderais un peu rudement. »

Le garçon ne pouvait se décider à partir ; alors Lecomte lui assena sur le dos un tel coup de poing, que le voleur jeta un cri et se mit immédiatement en marche.

« Je savais bien que je te déciderais, Mandrin[2]. Quand tu en voudras une seconde dose, tu n'as qu'à le dire ; un temps d'arrêt, et ce sera bientôt fait. Nous pourrons essayer du pied, si le poing ne te plaît pas. Avec moi il y a du choix. »

Et ils disparurent dans l'ombre des arbres.

On rentra au salon. M. de Rosbourg s'approcha de sa femme, et lui dit avec inquiétude :

1. Fameux voleur du temps de Louis XVI.
2. Autre fameux voleur.

« Comme vous êtes pâle, chère amie ! seriez-vous souffrante ?

— Non, mon ami, je vais très bien, je n'ai rien du tout. »

Marguerite, voyant que son père ne détachait pas les yeux de dessus Mme de Rosbourg et qu'il continuait à être inquiet, s'approcha et lui dit à l'oreille :

« Papa, ne vous effrayez pas. Maman est pâle parce qu'elle a eu peur pour vous quand vous êtes allé chercher le fantôme. Ses mains tremblaient ; elle me disait que non, mais je les ai bien senties. C'est passé à présent.

— Merci, mon aimable enfant, répondit tout bas son père en baisant sa petite joue rose ; grâce à toi me voici rassuré. »

Ces dames revinrent au salon ; la femme de chambre et l'ouvrière restaient persuadées qu'elles avaient vu un fantôme ; elles avaient entendu une voix caverneuse ; elles avaient vu des yeux flamboyants, elles s'étaient senti saisir par des griffes glacées : c'était un revenant ; elles n'en démordaient pas. On eut beau leur dire que c'était un voleur de légumes, qui avait confessé s'être habillé en fantôme pour voler tranquillement le jardin des Relmot, que M. de Rosbourg l'avait pris, amené et envoyé en prison, on ne put jamais leur persuader que les yeux flamboyants, la voix diabolique et les griffes glacées eussent été un effet de leur frayeur.

« Je ne croyais pas que Julie fût si bête, dit Camille. Comment peut-elle croire aux fantômes ?

Il y en a bien d'autres qui y croient, et l'histoire du maréchal de Ségur en est bien une preuve.

— Quelle histoire, papa ? dit Jean ; je ne la connais pas.

— Oh ! racontez-nous-la ! s'écrièrent les enfants tous ensemble.

— Je ne demande pas mieux, si les papas et les mamans le veulent bien, répondit M. de Rugès.

— Certainement », répondit-on tout d'une voix.

On se groupa autour de M. de Rugès, qui commença ainsi :

« Je vous préviens d'abord que c'est une histoire véritable, qui est réellement arrivée au maréchal de Ségur et qui m'a été racontée par son fils[1].

« Le maréchal, à peine remis d'une blessure affreuse reçue à la bataille de Laufeld, où il avait eu le bras emporté par un boulet de canon, quittait encore une fois la France pour retourner en Allemagne reprendre le commandement de sa division. Il voyageait lentement, comme on voyageait du temps de Louis XV ; les chemins étaient mauvais, on couchait toutes les nuits, et les auberges n'étaient pas belles, grandes et propres comme elles le sont aujourd'hui. Un orage affreux avait trempé hommes et chevaux, quand ils arrivèrent un soir dans un petit village où il n'y avait qu'une seule auberge, de misérable apparence.

« Avez-vous de quoi nous loger, l'hôtesse, moi, mes gens et mes chevaux ? dit-il en entrant. — Ah !

---

1. Historique. *(Note de l'auteur.)*

213

monsieur, vous tombez mal : l'orage a effrayé les voyageurs ; ma maison est pleine ; toutes mes chambres sont prises. Je ne pourrai loger que vos chevaux et vos gens. Ils coucheront ensemble sur la paille. — Mais je ne puis pourtant pas passer la nuit dehors, ma brave femme ! voyez donc : il pleut à torrents. Vous trouverez bien un coin à me donner. »

« L'hôtesse parut embarrassée, hésita, tourna le coin de son tablier, puis, levant les yeux avec une certaine crainte sur le maréchal, elle lui dit : « Monsieur pourrait bien avoir une bonne chambre et même tout un appartement ; mais... — Mais quoi ? reprit le maréchal, donnez-la-moi bien vite, cette chambre, et un bon souper avec. — C'est que... c'est que..., je ne sais comment dire... — Dites toujours et dépêchez-vous ! — Eh bien ! monsieur, c'est que... cette chambre est dans la tour du vieux château ; elle est hantée ; nous n'osons pas la donner depuis qu'il y est arrivé des malheurs. — Quelle sottise ! Allez-vous me faire accroire qu'il y vient des esprits ? — Tout juste, monsieur, et je serais bien fâchée qu'il arrivât malheur à un joli cavalier comme vous. — Ah bien ! si ce n'est pas autre chose qui m'empêche d'être logé, donnez-moi cette chambre : je ne crains pas les esprits ; et, quant aux hommes, j'ai mon épée, deux pistolets, et malheur à ceux qui se présenteront chez moi sans en être priés ! — En vérité, monsieur, je n'ose... — Osez donc, parbleu ! puisque je vous le demande. Voyons, en marche et lestement. » L'hôtesse alluma un bougeoir, le remit au maréchal : « Tenez, monsieur, nous n'en aurons pas trop d'un pour chacun de nous. Si vous voulez suivre le corridor, monsieur, je vous accompagnerai bien jusque-là. — Est-ce au bout du corridor ? — Oh ! pour ça non, monsieur, grâce à Dieu ! nous déserterions la maison si les esprits se trouvaient si près de nous ; vous prendrez la porte qui est au bout, vous descendrez quelques marches, vous suivrez le souterrain, vous remonterez quelques marches, vous pousserez une porte, vous remonterez encore, vous irez tout droit, vous redescendrez, vous... — Ah çà ! ma bonne femme, interrompit le maréchal en riant, comment voulez-vous que je me souvienne de tout cela ? Marchez en avant pour me montrer le chemin. — Oh ! monsieur, je n'ose. — Eh bien ! à côté de moi, alors. — Oui-da ! Et pour revenir toute seule, je n'oserai jamais. — Holà, Pierre, Joseph, venez par ici, drôles ! cria le maréchal, venez faire escorte à madame, qui a peur des esprits. — Faut pas en plaisanter, monsieur, dit très sérieusement l'hôtesse, il arriverait malheur. »

« Les domestiques du maréchal étaient accourus à son appel. Suivant ses ordres, ils se mirent à la droite et la gauche de l'hôtesse, qui, rassurée par l'air intrépide de ses gardes du corps, se décida à passer devant le maréchal. Elle lui fit parcourir une longue suite de corridors, d'escaliers, et l'amena enfin dans une très grande et belle chambre, inhabitée depuis longtemps, à en juger par l'odeur de moisi qu'on y sentait. L'hôtesse y entra d'un air craintif, osant à peine regarder autour d'elle ; son bougeoir tremblait dans ses mains. Elle se serait enfuie, si elle avait osé parcourir seule le chemin de la tour à l'auberge. Le maréchal éleva son bougeoir, examina la chambre, en fit le tour et parut satisfait de son examen. « Apportez-moi des draps et à souper, dit-il, des bougies pour remplacer ce bougeoir qui va bientôt s'éteindre ; et aussi mes pistolets, Joseph, et de quoi les recharger. » Les domestiques se retirèrent pour exécuter les ordres de leur maître ; l'hôtesse les accompagna avec empressement, mais elle ne revint pas avec eux quand il rapportèrent les armes du maréchal et tout ce qu'il avait demandé. « Et notre hôtesse, Joseph ? Elle ne vient donc pas ? Cette tapisserie me semble curieuse. J'aurais quelques questions à lui adresser. — Elle n'a jamais voulu venir, monsieur le marquis. Elle dit qu'elle a eu trop peur, qu'elle a entendu les esprits chuchoter et siffler à son oreille, dans l'escalier et dans la chambre, et qu'on la tuerait plutôt que de l'y faire rentrer. — Sotte femme ! dit le maréchal en riant. Servez-moi le souper, Joseph ; et vous, Pierre, faites mon lit et allumez les bougies. Ouvrez les fenêtres : ça sent le moisi à suffoquer. » On eut quelque peine à ouvrir les fenêtres, fermées depuis des années : il faisait humide et froid ; la cheminée était pleine de bois ; le maréchal fit allumer un bon feu, mangea avec appétit du petit salé aux choux, une salade au lard fondu, fit fermer ses croisées, examina ses pistolets, renvoya ses gens et donna l'ordre qu'on vînt l'éveiller le lendemain au petit jour, car il avait une longue journée à faire pour gagner une bonne couchée. Quand il fut seul, il ferma sa porte au verrou et à double tour, et fit la revue de sa chambre pour voir s'il n'y avait pas quelque autre porte masquée dans le mur, ou une trappe, un panneau à ressort, qui pût en s'ouvrant donner passage à quelqu'un. « Il ne faut, se dit-il, négliger aucune précaution ; je ne crains pas les esprits dont cette sotte femme me menace ; mais cette vieille tour, reste d'un vieux château, pourrait bien cacher dans ses souterrains une bande de malfaiteurs, et je ne veux pas me laisser égorger dans mon lit comme un rat dans une souricière. » Après s'être bien assuré par ses yeux et par ses mains qu'il n'y avait à cette chambre d'autre entrée que la porte qu'il venait de verrouiller et qui était assez solide pour soutenir un siège, le maréchal s'assit près du feu dans un bon fauteuil et se mit à lire. Mais il sentit bientôt le sommeil le gagner ; il se déshabilla, se coucha, éteignit ses bougies, et ne tarda pas à s'endormir. Il s'éveilla au premier coup de minuit sonné par l'horloge de la vieille tour ; il compta les coups :

« Minuit, dit-il ; j'ai encore quelques heures de repos devant moi. » Il avait à peine achevé ces mots, qu'un bruit étrange lui fit ouvrir les yeux. Il ne put d'abord en reconnaître la cause, puis il distingua parfaitement un son de ferraille et des pas lourds et réguliers. Il se mit sur son séant, saisit ses pistolets, plaça son épée à la portée de sa main et attendit. Le bruit se rapprochait et devenait de plus en plus distinct. Le feu à moitié éteint jetait encore assez de clarté dans la chambre pour qu'il pût voir si quelqu'un y pénétrait ; ses yeux ne quittaient pas la porte ; tout à coup, une vive lumière apparut du côté opposé ; le mur s'entrouvrit, un homme de haute taille, revêtu d'une armure, tenant une lanterne à la main, achevait de monter un escalier tournant taillé dans le mur. Il entra dans la chambre, fixa les yeux sur le maréchal, s'arrêta à trois pas du lit et dit : « Qui es-tu pour avoir eu le courage de braver ma présence ? — Je suis d'un sang qui ne connaît pas la peur. Si tu es homme, je ne te crains pas, car j'ai mes armes, et mon Dieu qui combattra pour moi. Si tu es un esprit, tu dois savoir qui je suis et que je n'ai eu aucune méchante intention en venant habiter cette chambre. — Ton courage me plaît, maréchal de Ségur ; tes armes ne te serviraient pas contre moi, mais ta foi combat pour toi. — Mon épée a plus d'une fois été teinte du sang de l'ennemi, et plus d'un a été traversé par mes balles. — Essaye, dit le chevalier : je m'offre à tes coups. Me voici à portée de tes pistolets ; tire, et tu verras. — Je ne tire pas sur un homme seul et désarmé », répondit le maréchal. Pour toute réponse, le chevalier tira un long poignard de son sein et, approchant du maréchal, lui en fit sentir la pointe sur la poitrine. Devant un danger si pressant, le maréchal ne pouvait plus user de générosité ; son pistolet était armé, il tira : la balle traversa le corps du chevalier et alla s'aplatir contre le mur en face. Mais le chevalier ne tombait pas, il continuait son sourire, et le maréchal sentait toujours la pointe du poignard pénétrer lentement dans sa poitrine. Il n'y avait pas un moment à perdre, il tira son second pistolet : la balle traversa également la poitrine du chevalier et alla, comme la première, s'aplatir contre le mur en face. Le chevalier ne bougea pas : seulement son sourire se changea en rire caverneux, et son poignard entra un peu plus fortement dans la poitrine du maréchal. Celui-ci saisit son épée et en donna plusieurs coups dans la poitrine, le cœur, la

218

tête du chevalier. L'épée entrait jusqu'à la garde et sans résistance, mais le chevalier ne tombait pas et riait toujours. « Je me rends, dit enfin le maréchal, je te reconnais esprit, pur esprit, contre lequel ma main et mon épée sont également impuissantes. Que veux-tu de moi ? Parle. — Obéiras-tu ? — J'obéirai, si tu ne me demandes rien de contraire à la loi de Dieu. — Oserais-tu me braver en me désobéissant ? Ne craindrais-tu pas ma colère ? — Je ne crains que Dieu, mon maître et le tien. — Je puis te tuer. — Tue-moi : si Dieu te donne pouvoir sur mon corps, il ne t'en donne pas sur mon âme, que je remets entre ses mains. » Et le maréchal ferma les yeux, fit un signe de croix et baisa l'étoile du Saint-Esprit qu'il portait toujours sur lui en qualité de grand cordon de l'ordre. Ne sentant plus le poignard sur sa poitrine, il ouvrit les yeux et vit avec surprise le chevalier qui, les bras croisés, le regardait avec un sourire bienveillant. « Tu es un vrai brave, lui dit-il, un vrai soldat de Dieu, mon maître et le tien, comme tu as si bien dit tout à l'heure. Je veux récompenser ton courage en te faisant maître d'un trésor qui m'a appartenu et dont personne ne connaît l'existence. Suis-moi. L'oseras-tu ? » Le maréchal ne répondit qu'en sautant à bas de son lit et revêtant ses habits. Le chevalier le regardait faire en souriant. « Prends ton épée, dit-il, cette noble épée teinte du sang des ennemis de la France. Maintenant, suis-moi sans regarder derrière toi, sans répondre aux voix qui te parleront. Si un danger te menace, fais le signe de la croix sans parler. Viens, suis-moi ! » Et le chevalier se dirigea vers le mur entrouvert, descendit un escalier qui tournait, tournait toujours. Le maréchal le suivait pas à pas, sans regarder derrière lui, sans répondre aux paroles qu'il entendait chuchoter à son oreille. « Prends garde, lui disait une voix douce, tu suis le diable ; il te mène en enfer. — Retourne-toi, lui disait une autre voix, tu verras un abîme derrière toi ; tu ne pourras plus revenir sur tes pas. — N'écoute pas ce séducteur, disait une voix tremblante, il veut acheter ton âme avec le trésor qu'il te promet. » Le maréchal marchait toujours. De temps à autre il voyait, entre lui et le chevalier, la pointe d'un poignard, puis des flammes, puis des griffes prêtes à le déchirer : un signe de croix le débarrassait de ces visions. Le chevalier allait toujours ; depuis une heure il descendait, lorsque enfin ils se trouvèrent dans un vaste caveau entièrement dallé de pierres noires ; chaque pierre avait un anneau ; toutes étaient exactement pareilles. Le chevalier passa sur toutes ces dalles, et s'arrêtant sur l'une d'elles : « Voici la pierre qui recouvre mon trésor, dit-il ; tu y trouveras de l'or de quoi te faire une fortune royale, et des pierres précieuses d'une beauté inconnue au monde civilisé. Je te donne mon trésor, mais tu ne pourras lever la dalle que de minuit à deux heures. Prie pour l'âme de ton aïeul, Louis-François de Ségur. Garde-toi de toucher aux autres dalles, qui recouvrent des trésors appartenant à d'autres familles. À peine soulèverais-tu une de ces pierres, que tu serais saisi et étouffé par l'esprit propriétaire de ce trésor. Pour reconnaître ma dalle et emporter ce qu'elle recouvre, il faut... » Le chevalier ne put achever. L'horloge sonna deux heures : un bruit semblable

220

au tonnerre se fit entendre, les esprits disparurent tous, et le chevalier avec eux. Le maréchal resta seul ; la lanterne du chevalier était heureusement restée à terre. « Comment reconnaîtrai-je ma dalle ? dit le maréchal ; je ne puis l'ouvrir maintenant, puisque deux heures sont sonnées. Si j'avais emporté ma tabatière ou quelque objet pour le poser dessus. » Pendant qu'il réfléchissait, il ressentit de cruelles douleurs d'entrailles, résultat du saisissement causé par la visite du chevalier. Le maréchal se prit à rire : « C'est mon bon ange, dit-il, qui m'envoie le moyen de déposer un souvenir sur cette dalle précieuse. Quand j'y viendrai demain, je ne pourrai la méconnaître... » Aussitôt dit, aussitôt fait, poursuivit M. de Rugès en riant. Le maréchal ne commença à remonter l'escalier qu'après s'être assuré de retrouver sa pierre entre mille. Il monta, monta longtemps ; enfin il arriva au haut de cet interminable escalier ; à la dernière marche la lanterne échappa de ses mains et roula jusqu'en bas. Le maréchal ne s'amusa pas à courir après. Il rentra dans sa chambre, repoussa soigneusement le mur, non sans avoir bien examiné le ressort et s'être assuré qu'il pouvait facilement l'ouvrir et le fermer. Après s'y être exercé plusieurs fois, et après avoir fait avec son épée une marque pour reconnaître la place, il allait se recoucher, lorsqu'il entendit frapper à sa porte. C'était son valet de chambre qui venait l'éveiller. « Je vais ouvrir ! » criat-il. Sa propre voix l'éveilla. Sa surprise fut grande de se retrouver dans son lit. Il examina ses pistolets : ils étaient chargés et posés près de lui comme lorsqu'il s'était endormi la veille, de même que son

221

épée. Il se sentit mal à l'aise dans son lit : il se leva. Fantôme, trésor, tout était un rêve, excepté le souvenir qu'il avait cru laisser sur la dalle et que ses draps avaient reçu. N'en pouvant croire le témoignage de ses sens, il examina le mur percé de ses deux balles : point de balles, point de traces ; il chercha la place du passage mystérieux, de la marque faite avec l'épée : il ne trouva rien. « J'ai décidément rêvé, dit-il, c'est dommage ! Le trésor aurait bien fait à ma fortune ébréchée par mes campagnes. Et que vais-je faire de mes draps ? dit-il en riant. Je mourrais de honte devant cette hôtesse... Ah ! une idée ! un bon feu fera justice de tout. Je dirai à l'hôtesse que les esprits ont emporté ses draps, et je lui en payerai dix pour la faire taire. »

« Le maréchal ralluma son feu qui brûlait encore, y jeta les draps, et n'ouvrit sa porte que lorsqu'ils furent entièrement consumés.

« L'honneur est sauf, dit le maréchal ; en avant les revenants ! »

« — Comment monsieur le marquis a-t-il dormi ? » demanda l'hôtesse, qui accompagnait les domestiques du maréchal.

« — Pas mal, pas mal, ma bonne femme ; j'ai seulement été ennuyé par les esprits, qui m'ont tiraillé, turlupiné, jusqu'à ce qu'ils se fussent emparés de mes draps. Voyez, ils les ont emportés ; ils n'en ont pas laissé seulement un morceau.

« — C'est, ma foi, vrai ! s'écria la maîtresse désolée. J'avais bien dit qu'il arriverait malheur. Mes pauvres draps ! Mes plus fins, mes plus neufs encore !

« — Eh bien ! ma bonne femme, reprit le maréchal en riant, vous pourrez toujours dire avec vérité que vous êtes dans de beaux draps et pour vous faire dire plus vrai encore, au lieu de deux, je vous en rendrai dix, puisque c'est grâce à mon obstination que vous les avez perdus. Combien valaient vos draps ?

« — Quatre écus[1], monsieur le marquis, aussi vrai qu'il y a des esprits dans cette tour de malheur.

« — Eh bien ! en voici vingt : cela vous fait vos cinq paires ou vos dix draps. Et maintenant à déjeuner, et bonsoir. »

L'hôtesse fit révérence sur révérence, et courut chercher le déjeuner du maréchal. La voyant revenir toute seule : « Vous n'avez donc plus peur des esprits, lui dit-il, que vous allez et venez sans escorte ? — Oh ! monsieur, tant qu'il fait jour, il n'y a pas de danger ; ce n'est qu'aux approches de minuit. »

« Le maréchal paya généreusement sa dépense et celle de ses gens, et laissa l'hôtesse plus persuadée que jamais de la présence des esprits dans la tour du vieux château. Depuis ce jour elle invoquait toujours le nom du maréchal de Ségur pour convaincre les incrédules du danger d'habiter la tour ; et voilà comme se font toutes les histoires de revenants ! »

Les enfants remercièrent beaucoup M. de Rugès de cette histoire, qui les avait vivement intéressés.

« Moi, dit Jacques, je suis fâché que le maréchal n'ait pas vu le fantôme tout de bon.

---

1. Un écu valait trois francs-or.

— Pourquoi donc ? dit son père.

JACQUES

Parce qu'il avait bien répondu au chevalier. J'aime ses réponses, elles sont très courageuses.

MARGUERITE

J'aurai eu joliment peur, à sa place, quand les balles n'ont pas tué le chevalier.

LÉON

Tu aurais eu peur, parce que tu es une fille, mais je suis bien sûr que Paul n'aurait pas eu peur.

PAUL

Je crois, au contraire, que j'aurais eu très peur. Il n'y a plus de défense possible contre un esprit que les balles ni l'épée ne peuvent mettre en fuite.

M. DE ROSBOURG

Il y a toujours l'éternelle défense de la prière à Dieu.

JEAN

C'est vrai, mais c'est la seule.

M. DE ROSBOURG

Et la seule toute-puissante, mon ami ; cette arme-là, dans certaines occasions, est plus forte que le fer et le feu.

Comme c'était drôle, quand le maréchal s'est éveillé !

Il s'est tiré d'embarras avec esprit, tout de même.

Seulement, je trouve qu'il a eu tort de laisser croire à l'hôtesse que ses draps avaient été emportés par les esprits.

Que veux-tu ? À ce prix seulement son honneur était sauf, comme il l'a dit lui-même.

Au risque d'être toujours la mère Rabatjoie, je rappelle l'heure du coucher plus que passée.

— Vous avez raison aujourd'hui comme toujours, chère madame, dit M. de Rosbourg en posant à terre sa petite Marguerite établie sur ses genoux. Va, chère enfant, embrasser ta maman et tes amis. »

Marguerite obéit sans répliquer.

« Maintenant à l'ordre de mon commandant, dit M. de Rosbourg en emportant Marguerite. C'est ma récompense de tous les soirs : obéir à l'ordre de ma petite Marguerite, la coucher et être le dernier à l'embrasser.

— Vous ne pleurez plus, papa, tout de même.

225

Vous avez l'air si heureux, si heureux, tout comme Paul ! » dit Marguerite en l'embrassant.

Elle continua son petit babil, qui enchantait M. de Rosbourg, jusqu'au moment de la prière et du coucher. Quand elle fut dans son lit : « Je vous en prie, papa, dit-elle, restez là jusqu'à ce que je sois endormie. Quand je m'endors avec ma main dans la vôtre, je rêve à vous ; et alors je ne vous quitte pas, même la nuit. »

M. de Rosbourg se sentait toujours doucement ému de ces sentiments si tendres que lui exprimait Marguerite ; il était lui-même trop heureux de voir et de tenir son enfant, pour lui enlever cette jouissance dont il avait été privé si longtemps. Aussi, devant cette tendresse extrême, devant l'affection si vive de sa femme, devant la tendresse passionnée et dévouée de Paul, il ne se sentait plus le courage de continuer sa carrière de marin, et de jour en jour il se fortifiait dans la pensée de quitter le service actif et de vivre pour ceux qu'il aimait. L'éducation de ses enfants, l'amélioration du village occuperaient suffisamment son temps.

Chapitre 12

Les Tourne-boule et l'idiot

Les vacances étaient bien avancées ; un grand mois s'était écoulé depuis l'arrivée des cousins ; mais les enfants avaient encore trois semaines devant eux, et ils ne s'attristaient pas si longtemps d'avance à la pensée de la séparation. Léon s'améliorait de jour en jour ; non seulement il cherchait à vaincre son caractère envieux, emporté et moqueur, mais il essayait encore de se donner du courage. Son nouvel ami Paul avait gagné sa confiance par sa franche bonté et son indulgence ; il avait osé lui avouer sa poltronnerie.

« Ce n'est pas ma faute, lui dit-il tristement ; mon premier mouvement est d'avoir peur et d'éviter le danger ; je ne peux pas m'en empêcher. Je t'assure, Paul, que bien des fois j'en ai été honteux au point d'en pleurer en cachette ; je me suis dit cent fois qu'à la prochaine occasion je serais brave ; pour tâcher de le devenir, je me faisais brave en paroles. J'ai beau faire, je sens que je suis et serai toujours poltron. »

227

Il avait l'air si triste et si honteux en faisant cet aveu, que Paul en fut touché.

« Mon pauvre ami, lui dit-il (il appuya sur *ami),* je trouve au contraire qu'il faut un grand courage pour dire, même à un ami, ce que tu viens de me confier. Au fond, tu es tout aussi brave que moi (Léon relève la tête avec surprise) ; seulement tu n'as pas eu occasion d'exercer ton courage avec prudence. Tu es entouré de cousines et d'amis plus jeunes que toi ; tu t'es trouvé dans des moments de danger, plus ou moins grand, avec la certitude que tu n'avais ni la force ni les moyens de t'en préserver ; alors tu as tout naturellement pris l'habitude de fuir le danger et de croire que tu ne peux pas faire autrement.

LÉON

Mais pourtant, Paul, toi, je te vois courir en avant dans bien des occasions où je me serais sauvé.

PAUL

Moi, c'est autre chose ; j'ai passé cinq années entouré de dangers et avec l'homme le plus courageux, le plus déterminé que je connaisse ; il m'a habitué à ne rien craindre. Mais moi-même, que tu cites comme exemple, c'est par habitude que je suis courageux, et cette habitude, je l'ai prise parce que je me sentais toujours en sûreté sous la protection de mon père. Marchons ensemble à la première occasion, et tu verras que tu feras tout comme moi.

— J'en doute, reprit Léon ; en tout cas, je tâcherai. Je te remercie de m'avoir remonté dans ma propre estime ; j'étais honteux de moi-même.

228

— À l'avenir, tu seras content ; tu verras », dit Paul en lui serrant affectueusement la main.

Léon rentra tout joyeux pour travailler ; Paul monta chez M. de Rosbourg, qui lui dit en souriant :

« Ton visage est rayonnant, mon bon ami ; quelle bonne nouvelle m'apportes-tu ?

PAUL

Ce n'est pas une bonne nouvelle, mais une bonne action que je vous apporte, mon père. »

Et il lui raconta ce qui venait de se passer entre lui et Léon.

M. DE ROSBOURG

Tu as été aussi bon qu'ingénieux, mon fils. Je ne sais pas si Léon est bien persuadé que le courage dort en lui et que le réveil du lion est proche ; mais tu as toujours réussi à lui faire espérer ton estime et la mienne (je sais qu'il y tient), c'est un grand point de gagné. Mais comment feras-tu pour l'empêcher d'être un fichu poltron ? car, entre nous, il l'est : tu le vois bien toi-même.

PAUL

Il l'est, mon père, mais il ne le sera plus ; son amour-propre est excité maintenant ; et puis j'arrive-rai à lui faire comprendre qu'il est plus sûr d'aller au-devant du danger que de le fuir.

M. DE ROSBOURG, *riant*.

Comment lui feras-tu avaler ce raisonnement ?

229

En lui prouvant que le courage impose non seulement aux hommes, mais aux bêtes, et les fait fuir au lieu d'attaquer.

M. DE ROSBOURG

Tu me rendras compte de ta première expérience, mon ami... et, puisque tu es là, causons donc ensemble de ton avenir. Y as-tu pensé ?

PAUL

Non, mon père, je vous en ai laissé le soin ; je sais que vous arrangerez tout pour mon plus grand bien. »

M. de Rosbourg attira Paul vers lui et le baisa au front.

M. DE ROSBOURG

J'y ai pensé, moi, et j'ai arrangé ta vie de manière à ne pas la séparer de la mienne.

— Merci, merci, mon père, mon bon père, s'écria Paul en sautant de joie. Que vous êtes bon ! Je vais aller le dire à Marguerite.

M. DE ROSBOURG, *riant.*

Mais attends donc, nigaud ; que lui diras-tu ? Tu ne sais rien encore !

PAUL

Je sais tout, puisque je sais que je resterai toujours près de vous, près de ma mère, de Marguerite.

Tiens, tiens, comme tu as vite arrangé cela, toi !
Et ma carrière, la marine ? qu'en fais-tu ?

PAUL, *étonné.*

Votre carrière ? est-ce que... ? est-ce que vous
retourneriez encore en mer ?

M. DE ROSBOURG

Et si j'y retournais, est-ce que tu ne m'y suivrais
pas ? ou bien aimerais-tu mieux achever ton éducation ici, avec ta mère et ta sœur ?

— Avec vous, mon père, avec vous partout et toujours, s'écria Paul en se jetant dans les bras de M. de
Rosbourg.

— J'en étais bien sûr, dit M. de Rosbourg en le
serrant contre son cœur et en l'embrassant. Tu serais
aussi malheureux séparé de moi que je le serais de
ne plus t'avoir, mon fils, mon compagnon d'exil et
de souffrance. Mais sois tranquille ; quand je m'y
mets, les choses s'arrangent mieux que cela. Voici
ce que j'ai décidé. J'envoie ma démission au
ministre ; nous vivrons tous ensemble ; tu n'auras
d'autre maître, d'autre ami que moi, et nous emploie-
rons nos heures de loisir à améliorer l'état de nos
bons villageois et la culture de nos fermes : vie de
propriétaire normand. Nous élèverons des chevaux,
nous cultiverons nos terres et nous ferons du bien
en nous amusant, en nous instruisant et en amélio-
rant tout autour de nous. »

Paul était si heureux de ce projet, qu'il ne put

231

d'abord autrement exprimer sa joie qu'en serrant et baisant les mains de son père. Il demanda la permission d'aller l'annoncer à Mme de Rosbourg et à Marguerite.

Ma femme le sait ; je pense tout haut avec elle ; c'est à nous deux que nous avons arrangé notre vie ; mais nous avons voulu te laisser le plaisir d'annoncer cette heureuse nouvelle à ma petite Marguerite. Va, mon ami, et reviens ensuite ; nous avons bien des choses à régler pour l'emploi de nos journées. »

Paul partit comme une flèche ; il courut aux cabanes ; il y trouva Marguerite qui lisait avec Sophie et Jacques.

Marguerite, Marguerite, nous restons ; je ne te quitterai jamais. Mon père ne s'en ira plus ; nous travaillerons ensemble ; nous aurons une ferme ; nous serons si heureux, si heureux, que nous rendrons heureux tous ceux qui nous entoureront.

— Ah çà ! tu es fou, dit Sophie en se dégageant des bras de Paul, qui, après Marguerite, l'étouffait à force de l'embrasser. Qu'est-ce que tu nous racontes, de travail de ferme, de je ne sais quoi ?

— Oh ! moi, je comprends, dit doucement Marguerite en rendant à Paul ses baisers. Papa ne sera plus marin ; lui et Paul resteront toujours avec nous ; c'est papa qui sera notre maître. C'est cela, n'est-ce pas, Paul ?

PAUL

Oui, oui, ton cœur a deviné, ma petite sœur chérie.

— Et moi donc ! qu'est-ce que je deviens dans tout cela ? demanda Sophie. C'est joli, monsieur, de m'oublier dans un pareil moment !

PAUL

Tiens ! je peux bien t'avoir oubliée un instant, toi qui m'as oublié pendant cinq ans.

SOPHIE

Oh ! mais moi j'étais petite.

PAUL

Et moi, je suis grand. Voilà pourquoi je comprends le bonheur de vivre près de mon père et d'être élevé par lui.

MARGUERITE

Mais pourquoi donc nous quitterais-tu, Sophie ? Nous vivrons tous ensemble comme avant.

SOPHIE

Je crois que c'est impossible. Ton père voudra être chez lui.

MARGUERITE

Eh bien, nous t'emmènerons.

233

SOPHIE

C'est impossible. Je gênerais là-bas ; je ne gêne pas ici. M. de Fleurville est pour moi ce que ton papa est pour Paul ; Camille et Madeleine sont pour moi ce que tu es pour Paul. Je resterai.

JACQUES

Et moi, je suis donc un rien du tout, qu'on ne me regarde seulement pas.

PAUL

Tu es mon cher petit ami, un ancien ami de Marguerite. Je te connais assez pour savoir que tu seras toujours le mien. Mais toi, Jacques, tu vis avec ton papa et ta maman qui t'aiment ; tu n'as pas d'inquiétude à avoir sur ton bonheur, et je suis sûr que tu partages le mien.

JACQUES

Oh oui ! j'ai le cœur content comme si c'était pour moi. Je sais que je te verrai autant que si vous restiez tous ensemble : ainsi moi je n'ai qu'à me réjouir. »

Marguerite embrassa Jacques et courut bien vite chez son papa, auquel elle témoigna sa joie avec une tendresse dont il fut profondément touché. Pendant ce temps Paul avait couru embrasser et remercier Mme de Rosbourg, qu'il trouva aussi heureuse qu'il l'était lui-même. Elle lui dit qu'ils venaient d'acheter un château et une terre magnifique qui n'étaient qu'à une lieue de Fleurville, et qui appartenaient à

234

des voisins qu'on ne voyait jamais, tant ils étaient ridicules, fiers et communs ; qu'après les vacances ils iraient s'établir dans ce château ; que Sophie resterait chez Mme de Fleurville, et qu'au reste M. de Rosbourg achèterait à Paris un hôtel où ils logeraient tous ensemble pendant l'hiver. Paul en fut content pour Sophie et pour Marguerite, qui, de cette manière, quitterait le moins possible ses amies.

Peu de temps après on vit arriver une voiture élégante ; les enfants se mirent aux fenêtres et virent avec surprise descendre de voiture d'abord un gros petit monsieur d'une cinquantaine d'années, puis une dame magnifiquement vêtue et enfin une petite fille de douze ans environ, habillée comme pour aller au bal : robe de gaze à volants et rubans, fleurs dans les cheveux, le cou et les bras nus et couverts de colliers et de bracelets. Les enfants se regardèrent avec stupéfaction.

« Qu'est-ce que c'est que cela ? s'écria Paul.

— Je n'ai jamais vu ces figures-là, dit Camille.

— C'est peut-être les ridicules voisins du château vendu, dit Madeleine.

— Comment s'appellent ces originaux ? dit Jean.

— Ce doit être les Tourne-boule, dit Sophie.

— Ceux qui ont vendu leur château à papa ? demanda Marguerite.

CAMILLE

Ton papa a acheté leur château ?

MARGUERITE

Oui, il vient de me le dire.

MADELEINE

Mais que viennent-ils faire ici ?

JEAN

Faire connaissance en même temps qu'ils font leurs adieux, probablement.

LÉON

On n'a jamais voulu les recevoir ici ; ils sont fiers, sots et méchants.

JEAN

C'est pour cela qu'ils viennent sans être priés ; quittant le pays, ils sont toujours sûrs d'être bien reçus ; on dit que le père a été marmiton.

PAUL

Que la toilette de cette petite est ridicule !

CAMILLE

Descendons pour la recevoir ; il le faut bien.

MADELEINE

Comme c'est assommant !

PAUL

Nous irons tous avec vous : de cette façon ce sera moins ennuyeux.

Merci, Paul ; j'accepte avec plaisir.

Quelle foule nous allons faire ! la pauvre fille ne saura auquel entendre : entrons et défilons deux à deux, comme pour une princesse. »

Et tous les enfants, étant convenus de faire des révérences solennelles, firent leur entrée au salon, marchant deux à deux. C'était une petite malice à l'intention des toilettes de la mère et de la fille.

Camille et Léon se donnant la main avancèrent, saluèrent et allèrent se ranger pour laisser passer Madeleine et Paul, qui en firent autant, ensuite Sophie et Jean, auxquels succédèrent Marguerite et Jacques. M. de Rosbourg regardait d'un air surpris tous les enfants défiler et saluer ; il sourit au premier couple, rit au second, se mordit les lèvres au troisième, et se sauva pour rire à l'aise au quatrième. Mlle Yolande Tourne-boule parut ravie de cet accueil solennel ; elle crut avoir inspiré le respect et la crainte et rendit les saluts par des révérences de théâtre, accompagnées d'un geste protecteur de la main : elle traversa ensuite le salon et alla se placer devant les enfants, qui s'étaient groupés au fond.

« Je suis très satisfaite, messieurs et mesdemoiselles, dit-elle, de vous connaître avant de quitter le pays ; j'espère que vous viendrez me voir à Paris, à l'hôtel Tourne-boule, qui est à mon père, et qui est un des plus beaux hôtels de Paris. Je vous ferai inviter aux soirées et aux bals que ma mère compte y donner. Et même, pour ne vous laisser aucune inquiétude à ce sujet, je vous engage, monsieur (*s'adressant à Paul*), pour la première valse, et vous, monsieur (*s'adressant à Jean*), pour la première polka, et monsieur (*s'adressant à Léon*), pour la première contredanse.

PAUL

Je suis désolé, mademoiselle, de ne pouvoir accepter cet honneur, mais je ne valse pas, je ne connais que la danse des sauvages, qui ne vous serait peut-être pas agréable à danser.

JEAN

Moi aussi, mademoiselle, de même que mon ami Paul, je suis désolé de refuser polka et bal ; mais, en fait d'exercice de ce genre, je ne sais que battre la semelle, et je n'oserais vous proposer ce passe-temps agréable, mais peu gracieux.

LÉON

J'accepterais bien volontiers votre contredanse, mademoiselle, mais je serai au collège au moment où vous la danserez, les ronflements de mes camarades remplaçant la musique de votre orchestre.

— Alors, messieurs, dit Mlle Yolande d'un air hautain, je retire mes invitations.

PAUL

Vous êtes mille fois trop bonne, mademoiselle.

JEAN

Veuillez croire à ma reconnaissance, mademoiselle.

LÉON

Vous me voyez confus de vos bontés, mademoiselle.

— C'est bien, c'est bien, messieurs, dit Mlle Yolande avec un sourire gracieux. Je verrai à vous recevoir autrement qu'au bal. Mesdemoiselles de Fleurville, on m'a parlé de charmants chalets que vous avez fait construire ; ne pourrais-je les voir ?

MARGUERITE

Vous voulez dire les cabanes que nous avons faites nous-mêmes avec nos cousins et nos amis ? Paul nous a fait une jolie hutte de sauvage.

— Qui est cette petite ? dit Mlle Yolande d'un air dédaigneux.

PAUL, *avec indignation.*

Cette *petite* est Mlle Marguerite de Rosbourg, ma sœur et mon amie.

MADEMOISELLE YOLANDE

Ah !... qu'est-ce que c'est que ça, Rosbourg !

PAUL, *très vivement.*

Quand on parle de M. de Rosbourg, on en parle avec respect, mademoiselle. M. de Rosbourg est un brave capitaine de vaisseau, et personne n'en parlera

239

légèrement devant moi. Entendez-vous, mademoiselle Tourne-broche ?

MADEMOISELLE YOLANDE, *avec dignité.*

Tourne-boule, monsieur.

PAUL

Tourne-boule, Tourne-broche : c'est tout un. Laissez-nous tranquilles avec vos airs.

— Paul, dit M. de Rosbourg, qui s'était approché, tu oublies que mademoiselle est en visite ici.

PAUL

Eh ! mon père, c'est mademoiselle qui oublie qu'elle est en visite chez nous et qu'elle n'a pas le droit de faire l'impertinente ni la princesse ; je ne lui permettrai jamais de parler de vous comme elle l'a fait.

M. DE ROSBOURG

Mon pauvre enfant, que nous importe ? Sait-elle ce qu'elle dit seulement ! Voyons, au lieu de rester au salon, allez tous vous promener ; la connaissance se fera mieux dehors que dedans. »

Camille et Madeleine proposèrent avec empressement à Mlle Yolande d'aller voir leur petit jardin. Elle y consentit.

MADEMOISELLE YOLANDE

Le chemin est-il bon pour y arriver ? Mes brodequins de satin rose ne supportent pas les pierres.

Le chemin est sablé et très beau, mademoiselle.
Mais si vous craignez pour vos brodequins...

MADEMOISELLE YOLANDE

Ce ne sont pas mes brodequins que je ménage,
j'en ai cinquante autres paires à la maison ; c'est pour
mes pieds que je crains les inégalités du terrain.

MADELEINE

Vous pouvez être tranquille alors, mademoiselle :
il y a du sable partout. »

On se mit en route ; Mlle Yolande marchait majes-
tueusement, poussant de temps en temps un cri lorsqu'elle posait le pied sur une pierre ou quand elle
apercevait soit une grenouille, soit un ver ou d'autres
insectes tout aussi innocents. Voyant que ses cris
n'attiraient l'attention de personne, elle ne pensa plus
à faire l'effrayée et l'on arriva au jardin.

« Ce ne sont pas des chalets », dit-elle avec dédain
en regardant la cabane.

CAMILLE

Ce ne sont que des maisonnettes bâties par nous-
mêmes, comme vous l'a dit Marguerite.

MADEMOISELLE YOLANDE

Vous vous êtes donné la peine de faire vous-même
un aussi sale ouvrage ? Chez mon père j'ai des
ouvriers qui font tout ce que je leur commande.

241

MADELEINE

C'est pour nous amuser que nous les avons bâties, et nous les aimons beaucoup plus que si on nous les avait faites.

MADEMOISELLE YOLANDE

Peut-on y entrer ?

CAMILLE

Certainement ; voici la mienne et celle de Madeleine et de Léon.

MADELEINE

Voici celle de Sophie et de Jean, et voici enfin celle de Paul, de Marguerite et de Jacques.

MADEMOISELLE YOLANDE

Quelle horreur de meubles ! Ah ! Dieu ! comment supportez-vous cela ? J'aurais tout jeté au feu si on m'avait donné une pareille friperie !

MARGUERITE

Nous qui ne sommes pas des Tourne-boule, nous nous trouvons bien ici, dans notre hutte de sauvage.

MADEMOISELLE YOLANDE

Ah !... c'est une hutte de sauvage ? Comment avez-vous eu ce bel échantillon d'architecture ?

C'est Paul qui l'a bâtie ; il a été cinq ans chez les sauvages.

MADEMOISELLE YOLANDE, *avec dédain.*

On le voit bien.

MARGUERITE

Est-ce parce qu'il a refusé vos bals et vos valses ?

MADEMOISELLE YOLANDE

Parce qu'il ne sait pas les usages du monde.

MARGUERITE

Cela dépend de quel monde, mademoiselle ; si c'est du vôtre, c'est possible ; aucun de nous n'y a jamais été ; mais, si c'est du monde poli, bien élevé, comme il faut, il en connaît les usages, aussi bien que mes amies, leurs parents et les nôtres.

MADEMOISELLE YOLANDE

Mademoiselle... Marguerite, je crois, sachez que les Tourne-boule sont nobles et puissants seigneurs, et que leurs armes...

MARGUERITE

Sont un tourne-broche, nous le savons bien.

Mademoiselle, vous êtes une petite insolente...

— Pas un mot de plus ! cria Paul d'une voix impérieuse. Silence ! ou je vous ramène à vos parents de gré ou de force... Viens, petite sœur, ajouta-t-il d'une voix calme, laissons cette petite qui veut faire la grande ; viens avec moi, avec Sophie et... avec qui encore ? » dit-il en se retournant vers les autres.

Jean et Jacques répondirent ensemble : « Et avec nous. » Léon fit signe qu'il restait pour protéger ses pauvres cousines Camille et Madeleine obligées par politesse de rester près de Mlle Yolande. Elle leur parla tout le temps des richesses de son père, de sa puissance, de ses nobles relations. À Paris il ne voyait que des ducs, des princes, des marquis, et par condescendance, quelques comtes d'illustres familles. Elle parla de ses toilettes, de ses dépenses.

« Papa me donne tout ce que je veux, dit-elle, j'ai déjà des parures de diamants, de perles et de rubis. La toilette que vous me voyez n'est rien auprès de celles que j'ai à Paris ; j'ai plus de cinquante robes et coiffures de bal, autant de robes de dîners et de visites. Maman a tous les jours une robe neuve ; elle dépense cinquante mille francs par an pour sa toilette.

— Cinquante mille francs ! s'écria Camille. Mais combien donne-t-elle donc aux pauvres alors ?

— Aux pauvres ! ha ! ha ! aux pauvres ! en voilà une drôle d'idée ! répondit Mlle Yolande riant aux éclats. Comme si l'on donnait aux pauvres ! Mais les pauvres n'ont besoin ni de robes ni de diamants.

Puisqu'ils sont pauvres, c'est qu'ils n'ont besoin de rien. Leurs haillons et une vieille croûte, c'est tout ce qu'il leur faut.

CAMILLE

Mais encore faut-il le leur donner, mademoiselle. Pendant que vous avez cinquante robes inutiles, il y a près de chez vous de pauvres familles qui sont nues ; pendant que vous avez dix plats à votre dîner, ces mêmes pauvres n'ont pas seulement la croûte de pain dont vous parliez tout à l'heure.

MADEMOISELLE YOLANDE

Laissez donc ! Ce sont de mauvais sujets, des paresseux ; ils n'ont besoin de rien.

MADELEINE

Camille, je ne veux pas entendre cela ; c'est trop fort ; je vais rejoindre nos amis.

LÉON

Va, Madeleine : je reste avec la pauvre Camille.

MADEMOISELLE YOLANDE

Pauvre ! vous la trouvez donc bien malheureuse de rester avec moi, monsieur ? Pourquoi y restez-vous vous-même ?

LÉON

Ce n'est pas avec vous que je reste, mademoiselle : c'est avec la *pauvre* Camille.

Encore !

LÉON

Encore et toujours tant que vous serez là, mademoiselle, quoiqu'il fût plus juste de vous appeler *pauvre,* vous, toute riche que vous êtes.

MADEMOISELLE YOLANDE

Ce serait assez drôle, en effet. Moi, pauvre ! avec trois cent mille francs de rente ? Ha ! ha ! ha !

CAMILLE

Ne riez pas, ma pauvre demoiselle ; ne riez pas ! Vous êtes en effet à plaindre, Léon a raison ; vous êtes pauvre de bonté, pauvre de charité, pauvre d'humilité, pauvre de raison et de sagesse. Vous voyez bien que vous n'avez pas la vraie richesse, et que, si vous perdiez votre fortune, il ne vous resterait plus rien.

MADEMOISELLE YOLANDE

Prrrr ! quel sermon ! Ah çà ! mais vous êtes une famille de prêcheurs vertueux, ici. On nous avait bien dit que votre mère était une folle, ainsi que...

CAMILLE

À mon tour à vous répéter : « C'est trop fort ! mademoiselle. » Je ne souffre pas qu'on injurie maman. Viens, Léon, allons rejoindre nos amis ; que mademoiselle devienne ce qu'elle pourra avec ses brodequins de satin rose et sa robe de gaze. »

Et, prenant la main de Léon, elle s'enfuit en courant, laissant Mlle Yolande dans une colère d'autant plus furieuse, qu'elle ne pouvait exercer aucune vengeance. Elle se dirigea vers le château et rentra au moment où son père venait de conclure un second marché avec M. de Rosbourg pour son hôtel à Paris, qu'il lui vendait tout meublé à peine le tiers de ce qu'il lui avait coûté. M. de Rosbourg offrait de l'argent comptant : M. Tourne-boule, criblé de dettes malgré sa fortune, en avait besoin. Une heure après, un troisième marché était conclu. M. de Rosbourg achetait au nom de Paul d'Aubert, dont il s'était fait nommer tuteur, des forêts attenantes au château et aux fermes, et qui rapportaient plus de cent mille francs.

« Ainsi, demain, lui dit-il, j'irai signer les actes que vous allez faire préparer, et vous porter une lettre pour mon banquier.

M. TOURNE-BOULE

Oui, c'est bien convenu ; mon hôtel, ma terre et la forêt.

— Comment, père, votre hôtel ? dit Mlle Yolande : et où logerons-nous ?

M. TOURNE-BOULE

Nous passerons l'hiver en Italie, Yolande.

Est-ce que vous le saviez, mère ?

— Je le savais, ma fille, répondit majestueuse-
ment Mme Tourne-boule.

MADEMOISELLE YOLANDE

Et tous vos bijoux, qu'en ferez-vous ?

MADAME TOURNE-BOULE

Je ne les ai plus, ma fille ; je viens de les vendre
à Mme de Fleurville et à Mme de Rosbourg pour
Mlle Sophie de Réan, dite Fichini, et pour Mlle Marguerite de Rosbourg.

MADEMOISELLE YOLANDE

Mais vous en aviez tant !

MADAME TOURNE-BOULE

J'ai tout vendu, ma fille.

MADEMOISELLE YOLANDE

Oh ! là ! là ! oh ! là ! là ! mes colliers, mes bracelets, mes chaînes, mes broches ! je n'aurai plus rien !
je serai donc comme une pauvresse ?

MADAME TOURNE-BOULE

J'en achèterai d'autres, ma fille. J'ai besoin d'argent pour payer mes fournisseurs, qui menacent. Je
te permets de vendre aussi toute ta défroque ; tu feras
ce que tu voudras de l'argent que tu en auras. Mais,
pardon, mesdames, dit-elle en se tournant vers ces

dames, qui riaient sous cape ; je vous ennuie peut-être avec ces détails d'intérieur ?

— Du tout, madame, répondit Mme de Fleurville en riant ; cela nous amuse beaucoup au contraire.

MADAME TOURNE-BOULE

Vous comprenez, madame, que, notre visite étant une visite d'affaires, il faut battre le fer pendant qu'il est chaud et faire le plus d'ouvrage possible. C'est pourquoi je vous offrirai encore une bonne affaire de dentelles, de cachemires, robes, mantelets, lingerie. J'en ai beaucoup, je vous offre le tout en bloc pour vingt-cinq mille francs, mais payés comptant. »

Mme de Fleurville, ses sœurs et Mme de Rosbourg, après s'être consultées, acceptèrent le marché, à la condition de voir auparavant ce qu'elles achetaient.

MADAME TOURNE-BOULE

Je vous enverrai le tout dans deux jours, mesdames, le temps de tout faire venir de Paris, vous verrez par vous-mêmes que je ne vous trompe pas. Presque tout est dans son neuf.

MADEMOISELLE YOLANDE

Et moi donc, mère ? Vous vendez pour vous et vous ne vendez rien pour moi ?

MADAME DE FLEURVILLE

Ce n'est pas ici que vous vendriez votre défroque, mademoiselle ; nos enfants ne font et ne feront jamais des toilettes semblables aux vôtres : il serait donc inutile qu'elles en fissent l'achat.

MADEMOISELLE YOLANDE, *pleurant.*

C'est ça, moi je n'aurai rien, je ne vendrai rien... hi ! hi ! hi !

MADAME TOURNE-BOULE

Pleure pas, mignonne ; je t'en donnerai un brin du mien ; et toi, tu vendras à Paris aux duchesses, princesses et marquises tes amies.

MADEMOISELLE YOLANDE

Oui-da, de jolies duchesses et princesses meurt-de-faim, qui viennent chez nous pour nous gruger, emprunter de l'argent et prendre nos effets !

MADAME TOURNE-BOULE

Ne te tourmente pas, fifille ; nous enverrons au Temple ou chez ma'ame Pipelet.

MADEMOISELLE YOLANDE

Hi ! hi ! hi ! Je suis malheureuse.

MADAME TOURNE-BOULE

Voyons, Yoyo, tu n'es pas raisonnable ! Devant ces dames ! Dis donc, Georget (se tournant vers son mari, qui terminait ses affaires avec M. de Rosbourg), console la petite qui pleure mes bijoux et mes belles affaires.

250

Qu'est-ce que t'as, fifille ? Qu'est-ce que t'as ? voyons, veux-tu des jaunets ? je t'en donnerai demain plein tes menottes.

MADEMOISELLE YOLANDE

Vous vendez tout, et moi je ne vends rien... hi ! hi ! hi !

M. TOURNE-BOULE

Eh bien ! eh bien ! faut pas pleurer pour ça, mignonne. Tu vendras ; sois gentille. À la première vente des Polonais, nous passerons tout ça, je te le promets. Et c'est toi-même qui vendras. Là, es-tu contente ? »

Mlle Yolande essuya ses petits yeux gonflés et consentit à cet arrangement.

Les affaires étant terminées, M., Mme et Mlle Tourne-boule prirent congé de ces dames et montèrent en voiture. M. de Rosbourg ayant vanté la beauté des chevaux et l'élégance de la calèche :

« Je vous les vends, dit M. Tourne-boule, qui avait le pied sur le marchepied de la voiture, je vous vends le tout quatre mille francs ; je les ai payés douze mille francs, il y a un mois.

— C'est fait, dit M. de Rosbourg ; j'achète. À demain.

— Quel drôle d'original ! dit M. de Rosbourg à ses amis quand les Tourne-boule furent partis. Il est fou de vendre ainsi à perte. Les terres du château valent plus de cinquante mille francs de revenu, et la forêt de Paul vaut plus de cent mille francs. Quant à l'hôtel de Paris, il vaut un million et demi, meublé comme il est. J'espère bien que nous y passerons l'hiver ensemble, chère et excellente amie, dit-il à Mme de Fleurville en lui baisant la main. Je me reprocherais presque mon retour, si je vous séparais d'avec ma femme et Marguerite d'avec vos filles.

MADAME DE FLEURVILLE

Je l'ai promis et je ne m'en dédis pas, mon ami ; c'est un grand bonheur pour moi que cette vie commune avec vous et les vôtres. Quand vous partirez, je partirai ; quand vous reviendrez, je reviendrai. Mais où sont les enfants ? comment ont-ils laissé Mlle Yolande toute seule ?

M. DE ROSBOURG

Je soupçonne qu'elle les a mis en fuite par ses grands airs et sa méchante langue. Les voici qui accourent. Nous allons savoir ce qui s'est passé. »

Les enfants furent bientôt arrivés. Mme de Fleurville demanda à ses filles pourquoi elles avaient commis l'impolitesse de quitter Mlle Tourne-boule.

CAMILLE

Maman, je suis restée la dernière avec elle ; mais il n'y avait pas moyen d'y tenir ; moi aussi, je me suis sauvée avec Léon, quand elle m'a dit que vous étiez une folle.

Pauvre fille ! je la plains d'être si mal élevée ; mais pourquoi les autres étaient-ils partis ? »

Les enfants racontèrent alors les impertinences que s'était permises Mlle Yolande et les réponses qu'elle s'était attirées.

« Je ne blâme qu'une chose, dit M. de Rosbourg en riant ; c'est le tourne-broche de Paul et de Marguerite. Ceci était de goût un peu sauvage en effet.

PAUL

C'est vrai, mon père ; une autre fois je tâcherai d'être plus civilisé. Les parents sont-ils aussi ridicules que leur fille ?

M. DE ROSBOURG

Ma foi, je n'en sais rien ; ils sont terriblement communs, mais ils ne sont venus que pour faire des affaires ; le père Tourne-boule m'a vendu, outre sa terre et son château de Dinare, son hôtel tout meublé à Paris et la forêt qui touche aux fermes du château et que j'ai achetée pour toi. Es-tu content de mon marché ?

PAUL

Je suis content de tout ce que vous faites, mon père, et de tout ce qui ne m'éloigne pas de vous.

M. DE ROSBOURG, *riant.*

Bien ! Alors je continuerai à placer tes fonds.

253

PAUL

Quels fonds, mon père ? comment ai-je des fonds ?

M. DE ROSBOURG

Tu as, outre la fortune de tes parents, deux millions que M. Fichini a laissés à ton père, qui était son ami d'enfance.

PAUL

Il était donc bien riche, ce M. Fichini !

M. DE ROSBOURG

Je crois bien qu'il était riche ! Il a laissé encore quatre millions à son ancien et cher ami M. de Réan, père de Sophie.

LÉON

Dieu ! que Sophie est riche ! Je voudrais bien être riche, moi.

JEAN

Tu n'en serais pas plus heureux. N'avons-nous pas tout ce que nous pouvons désirer ?

LÉON

C'est égal, c'est agréable d'être riche. Tout le monde vous salue et vous respecte.

PAUL

Pour ça, non. Est-ce que tu respectes les Tourne-boule ? Sont-ils plus heureux que nous ?

MARGUERITE

Personne n'est heureux comme nous, je crois, depuis le retour de papa et de Paul.

MADELEINE

Et nous qui ne sommes pas riches, ne sommes-nous pas très heureuses.

CAMILLE

Et notre bonheur est si vrai ! Personne ne peut nous l'ôter ; il est au fond de nos cœurs, et c'est le bon Dieu qui nous le donne.

PAUL

C'est vrai. Quand on a de quoi manger, de quoi s'habiller, se chauffer et vivre agréablement, de quoi donner à tous les pauvres des environs, à quoi sert le reste ? On ne peut pas dîner plus d'une fois, monter sur plus d'un cheval, dans plus d'une voiture, brûler plus de bois que n'en peuvent tenir les cheminées. Ainsi, que faire du reste, sinon le donner à ceux qui n'en ont pas assez ?

M. DE ROSBOURG

Tu as mille fois raison, mon garçon, et à nous deux nous battrons le pays à dix lieues à la ronde pour que tout le monde soit heureux autour de nous.

Nous leur ferons voir ce que peut faire un bon, un vrai chrétien, des richesses que le bon Dieu lui a données. »

Les dames et les enfants rentrèrent chacun chez soi. Jacques et Marguerite allèrent dans leur cabane pour lire et causer. Paul et Léon allaient les suivre, lorsque M. de Rosbourg, prêtant l'oreille, dit :

« Mais... quel est ce bruit ? Il me semble entendre des gémissements mêlés d'éclats de rire.

PAUL

Je les entends aussi. Viens, Léon, allons voir.

LÉON, timidement.

Je n'entends rien, moi. Tu te trompes, je crois.

PAUL

Non, non, je ne me trompe pas. Dépêchons-nous. Viens. *(Tout bas, se penchant à l'oreille de Léon.)* Viens donc : avec moi il n'y a pas de danger. »

Paul saisit la main de Léon, et, tout en l'entraînant, il lui disait à mi-voix : « Courage, courage donc !... Montre-leur que tu n'as pas peur ! Ne me quitte pas..., marche hardiment. »

Ils coururent vers le chemin d'où partait le bruit, pendant que M. de Rugès, surpris, répétait : « Le voilà parti ! Mais pour tout de bon, cette fois ! Il court aussi vite que Paul... C'est qu'il n'a pas l'air d'avoir peur. Y venez-vous aussi, Rosbourg ! Viens-tu, Traypi ?

Ne les suivons pas de trop près, pour leur donner le mérite de secourir ceux qui appellent. S'ils ont besoin de renfort, Paul sait que je suis là, prêt à me rendre à son appel... Tiens,... quel accent indigné a Paul !... L'entendez-vous ? Belle voix de commandement ! C'est dommage qu'il ne soit pas dans la marine ou dans l'armée... Ah diable ! l'affaire se gâte ! j'entends des cris et des coups... Approchons ; il est temps. »

En hâtant le pas, M. de Rosbourg, suivi de ses amis, marcha ou plutôt courut vers le lieu du combat, car il était clair qu'on se battait. En arrivant, ils virent étendu à terre, entièrement déshabillé, le pauvre idiot Relmot. Devant lui se tenaient Paul et Léon, animés par le combat qu'ils venaient de livrer et qui était loin d'être fini. Attaqués par une douzaine de grands garçons, tous deux distribuaient et recevaient force coups de poing et coups de pied. Paul en avait couché deux à terre ; il terrassait le troisième, donnait un coup de pied à un quatrième, un croc-en-jambe et un coup de genou au cinquième, pendant que Léon, moins habile que lui, mais non moins animé, en tenait deux par les cheveux et les cognait l'un contre l'autre, s'en faisant un rempart contre les cinq ou six restant, qui faisaient pleuvoir sur Paul et sur Léon une grêle de coups de poing. M. de Rosbourg s'élança sur le champ de bataille, saisit de chaque main un de ces grands garçons par les reins, les enleva en l'air et les lança par-dessus la haie ; il en fit autant de deux autres ; ce que voyant les derniers, ils cherchèrent à se sauver, mais M. de

Rosbourg les rattrapa facilement et leur administra à chacun une correction qui leur fit pousser des hurlements de douleur.

« Allez maintenant, polissons, et recommencez si vous l'osez. »

Et il les congédia de deux bons coups de pied. Pendant ce temps, Paul et Léon, aidés de M. de Rugès et de M. de Traypi, relevèrent le pauvre idiot, qui restait à genoux tout tremblant et pleurant. Son corps était prodigieusement enflé et rouge ; son dos et ses reins étaient écorchés en plusieurs endroits.

« Pauvre malheureux ! s'écria M. de Rosbourg ; que lui ont-ils fait pour le mettre en cet état ?

— Quand nous sommes arrivés, mon père, nous avons trouvé ces misérables, armés les uns de grandes verges, les autres de poignées d'orties, battant et frottant ce pauvre idiot pendant que les deux plus grands le maintenaient à terre. Ils l'avaient attiré dans ce chemin isolé, l'avaient déshabillé, et s'amusaient, comme je vous l'ai dit, à le fouetter et à le frotter d'orties. C'est Léon qui, accouru le premier et indigné de ce spectacle, leur a ordonné de finir ; le pauvre idiot nous a expliqué tant bien que mal ce que je viens de vous dire ; je leur ai ordonné à mon tour de laisser ce pauvre garçon. « Ah ! bah ! ont-ils répondu, vous êtes deux, nous sommes douze plus forts que vous : laissez-nous nous amuser, ou nous vous en ferons autant. » Et l'un d'eux allait recommencer, lorsque je lui criai : « Arrête, drôle ! Pars à l'instant, ou je t'allonge un coup de pied qui te fera voler à dix pieds en l'air. » Pour toute réponse, il donne un coup au pauvre idiot, retombé de peur. Je

saute sur ce misérable en criant : « À moi, Léon !
Joue des pieds et des mains ! » Il ne se le fait pas
dire deux fois et tombe dessus comme un lion ; j'en
couche un à terre, puis un second ; j'étais en train
d'en travailler quelques autres quand vous nous êtes
venus en aide ; sans vous, nous aurions eu du mal ;
mais il n'en restait que six : nous en serions venus
à bout tout de même, n'est-ce pas, Léon ? Tu en as
cogné quelques-uns et solidement ; tu as le poing et
les pieds bons ! Ils te le diront bien. »

Léon, tout fier et presque étonné de son courage,
ne répondit qu'en relevant la tête. M. de Rugès, s'approchant, lui prit les mains et les serra fortement.
M. de Rosbourg en fit autant. À ce témoignage d'estime de son père et d'un homme qu'il considérait
comme un homme supérieur, Léon rougit vivement,
et des larmes de bonheur vinrent mouiller ses yeux.

« Il ne s'agit que de commencer, mon brave Léon,
lui dit M. de Rosbourg. Tu vois, te voilà l'associé
de Paul, le brave des braves.

LÉON

Oh ! monsieur, ce serait trop d'honneur et de bonheur ! Je suis assez récompensé par votre estime et
par la satisfaction de mon père.

PAUL

Je te l'avais bien dit, mon ami, que tu avais tout
autant de courage que moi. Tu me croiras une autre
fois, n'est-ce pas, quand je te dirai du bien de toi-
même ?

259

Occupons-nous de ce pauvre garçon, qui est là sans vêtements et dans un état à faire pitié.

M. DE ROSBOURG

Où demeure-t-il ? Est-ce loin d'ici ?

LÉON

Non, à deux cents pas, dans le hameau voisin.

M. DE ROSBOURG

Où ont-ils mis tes habits, mon pauvre garçon ?

L'IDIOT

Ils... les ont... jetés... par-dessus la haie. »
En un clin d'œil Paul sauta par-dessus la haie et saisit les habits de l'idiot.

« Tiens, reçois-les, dit-il à Léon en les lui lançant.

M. DE ROSBOURG

Avant de l'habiller, lavons-le dans la mare qui est ici auprès ; l'eau fraîche calmera l'inflammation laissée par les orties et les coups de verges. Viens, mon pauvre garçon ; appuie-toi sur mon bras ; n'aie pas peur, je ne te ferai pas de mal.

— Oh non ! Vous êtes bien bon,... je vois bien,... répondit l'idiot en tremblant de tous ses membres. Mais... ça me fait mal de marcher... »

M. de Rosbourg et M. de Rugès le prirent dans leurs bras et le portèrent dans la mare. La fraîcheur de l'eau le soulagea. « Ne me laissez pas, disait-il : ils reviendraient et ils me battraient encore. Oh ! là là ! qu'ils cinglaient fort ! Oh ! que ça fait mal !

M. DE ROSBOURG

Courage, mon ami ! courage ! ça va se passer ! Nous allons t'habiller maintenant, et te ramener chez toi.

L'IDIOT

Vous n'allez pas me laisser, pas vrai ? vous ne me laisserez pas tout seul ?

M. DE ROSBOURG

Non, mon pauvre garçon, je te le promets. Passe ta chemise... Là,... ton pantalon maintenant... Puis ta blouse ! Et c'est fini. Mets tes sabots et partons. Ça va-t-il mieux ?

L'IDIOT

Pour ça, oui. Ça fait du bien, la mare.

M. DE TRAYPI

Connais-tu les noms de ces mauvais drôles qui t'ont battu ? Pourrais-tu les dire ?

L'IDIOT

Pour ça, oui. Le grand Michot, puis Jimmel le roux, puis Daniel le borgne, puis Fripet, puis Canichon, puis les deux Richardet, puis Lecamus, puis

Frognolet le bancal et Frognolet le louche, puis les deux garçons du père Bertot.

M. DE TRAYPI

Bien, ne les oublie pas ; j'irai voir leurs parents et je leur ferai donner une correction solide devant moi, pour être bien sûr qu'ils l'ont reçue. »

L'idiot se mit à rire et à se frotter les mains.

« Ha ! ha ! ha ! ils vont en avoir aussi, les brigands, les scélérats. Faites-les battre rondement. Ha ! ha ! ha ! que je suis donc content !... Ça fait du bien tout de même. Ha ! ha ! ha ! Faut les battre avec des orties. Ça leur fera bien plus mal.

— Pauvre garçon, dit M. de Rosbourg à Paul et à Léon, il ne pense qu'à la vengeance. Pas moyen de lui faire comprendre que le bon Dieu ordonne de rendre le bien pour le mal. Mais nous voici arrivés. Rugès et Traypi, chargez-vous de rendre l'idiot à ses parents. Je vais revenir avec nos braves et raconter leurs exploits à nos amis. Je serai heureux de parler de Léon comme il le mérite. »

Et, serrant encore la main de l'heureux Léon, il se mit en route ; trouvant le salon vide, il monta chez sa femme, laissant Paul et Léon chercher leurs amis.

Quand ils furent seuls, Léon sauta au cou de Paul.

« Paul, mon ami, mon meilleur ami, tu m'as sauvé ! Je ne suis plus poltron, je le sens. Avec toi, d'abord, et seul plus tard, je n'aurai plus peur ; je le sens, oui, je le sens dans mon cœur, dans ma tête, dans tout mon corps. Je me sens plus fort, je me sens plus fier, je me sens homme. Merci, mille fois merci, mon ami. Tu m'as tout changé.

Ce n'est pas moi, mon bon Léon, c'est toi-même, c'est ta volonté, c'est le bon Dieu qui a récompensé le courage avec lequel tu m'as avoué que tu croyais n'en pas avoir. Je t'ai seulement aidé à te mieux connaître, voilà tout.

LÉON, *avec attendrissement.*

Bon, généreux et modeste, voilà ce que tu es, toi, mon ami, mon seul ami.

PAUL

Allons chercher les autres, Léon, je suis impatient de leur raconter ce que tu as fait. »

Et tous deux coururent aux cabanes, où ils trouvèrent en effet tous les enfants, chacun dans la sienne, et les attendant avec impatience.

« Arrivez donc, arrivez donc, leur crièrent-ils, nous vous attendons pour manger un plat de fraises et de crème que la mère Romain vient de nous apporter.

— Avons-nous de la liqueur dans nos armoires, s'écria Paul, pour boire à la santé de Léon, qui vient de se battre vaillamment avec moi contre douze grands garçons et de les mettre en fuite ?

— Pas possible ! dit Jean surpris.

— Je vois dans les yeux de Léon que c'est vrai, dit Jacques ; il a un air que je ne lui ai jamais vu, quelque chose qui ressemble à Paul.

263

LÉON

Tu me fais trop d'honneur en trouvant cette ressemblance, mon petit Jacques.

SOPHIE

Mais qu'as-tu donc ? C'est drôle, tu es tout changé !

JEAN

C'est vrai ; tu as un air décidé et modeste en même temps...

MARGUERITE

Qui te va très bien.

LÉON

C'est ce qui fait probablement ma ressemblance avec Paul.

PAUL

Vous avez raison, mes amis ; Léon n'est plus le, même ; il vient de se battre avec un courage de lion contre une bande de douze grands garçons pour défendre le pauvre Relmot l'idiot.

LÉON

Ajoute donc que tu étais avec moi ; sans toi je crois en vérité que je n'y aurais pas été.

PAUL

Et tu aurais bien fait. Seul contre douze, il n'y avait pas à essayer.

JEAN

Mais qu'aurais-tu fait, toi, si tu avais été seul ?

PAUL

J'aurais appelé mon père, que je savais près de là.

JEAN

Et s'il n'était pas venu ?

PAUL, *avec feu.*

Mon père, ne pas venir à mon appel ! Tu ne le connais pas, va ; il accourrait n'importe d'où à la voix de son fils. Mais écoutez que je vous raconte les exploits de Léon. »

Et Paul leur fit le récit de ce qui venait de se passer, vantant le courage de Léon, s'effaçant lui-même, et peignant avec vivacité et indignation les souffrances du pauvre idiot.

« Que je suis donc malheureux de n'avoir pas été avec vous ! dit Jean en frémissant de colère. Avec quel bonheur je vous aurais aidés à rosser ces méchants garçons ! J'espère bien que mon oncle n'oubliera pas les visites qu'il a promises aux parents, pour faire donner une bonne correction à ces mauvais garnements.

— Oh ! papa ne l'oubliera pas, s'écria Jacques. Pauvre Relmot ! nous irons le voir, n'est-ce pas, Paul ?

Demain, mon petit Jacques ; nous irons tous. À présent je rentre pour travailler avec mon père.

— Je vais t'accompagner, dit Marguerite.

— Et moi aussi », dit Jacques.

Et, lui prenant chacun une main, ils marchèrent vers la maison.

« C'est toi qui as donné du courage à Léon, lui dit Marguerite quand ils furent un peu loin.

— Mais pas du tout, ma petite Marguerite, c'est lui tout seul qui s'en est donné.

— Bon Paul ! reprit Marguerite en baisant la main qu'elle tenait dans les siennes.

— Paul, plus je te connais et plus je t'aime, dit Jacques en serrant son autre main.

PAUL

Il en est de même pour moi, mon petit Jacques, je t'aime comme un frère.

JACQUES

Si nous pouvions toujours rester ensemble ! comme je serais heureux !

PAUL

Mais, si nous nous quittons, nous nous retrouverons toujours.

Je n'aime pas à pleurer, Paul, et je ne pleure presque jamais ; mais, quand je vous quitterai, toi et Marguerite, j'aurai un tel chagrin que je ne pourrai pas m'empêcher de pleurer ; je ne pourrai pas m'en empêcher, je le sens.

MARGUERITE

Ce ne sera pas pour longtemps, Jacques.

JACQUES

Mais ce sera bientôt ; dans huit jours les vacances seront finies.

MARGUERITE

Mais toi, qui n'es pas en pension, tu n'as pas besoin de t'en aller à la fin des vacances.

JACQUES

Non, mais papa a des affaires ; il m'a dit qu'il ne pouvait pas rester. Je tâche d'avoir du courage, de n'y pas penser ; je fais tout ce que je peux, mais... je ne peux pas. »

Et Paul sentit une grosse larme tomber sur sa main. Il s'arrêta, embrassa tendrement son petit ami ; Marguerite aussi se jeta à son cou.

« Ne pleure pas, Jacques ! Oh ! ne pleure pas, je t'en prie ; si tu as du chagrin, je ne serai plus heureuse ; je serai triste comme toi, et Paul sera triste aussi, et nous serons tous malheureux. Jacques, je t'en prie, ne pleure pas. »

Le bon petit Jacques essuya ses pauvres yeux tout prêts à verser de nouvelles larmes ; il voulut parler, mais il ne put pas ; il essaya de sourire, il les embrassa tous deux et leur promit d'être courageux et de ne penser qu'au retour. Ils se séparèrent, Paul pour travailler, Marguerite pour raconter à son papa le chagrin de Jacques, et Jacques pour aller pleurer à l'aise sur l'épaule de son papa.

« Mon pauvre petit, lui dit M. de Traypi en l'embrassant, je ne puis malheureusement empêcher ce chagrin pour toi. Je ne peux pas toujours rester chez ma sœur de Fleurville, et toi-même tu ne voudrais pas te séparer de moi. Tâche, mon enfant, de supporter avec courage les peines que le bon Dieu t'envoie ; tu sais que la vie ne dure pas toujours ; les chagrins finissent comme les plaisirs ; tâche de vivre de manière à retrouver un jour dans le ciel et pour toujours les amis que tu as tant de peine à quitter pour quelques mois. Pleure, mon enfant, pleure si tes larmes te font du bien, en attendant que tu prennes du courage. »

Jacques pleura quelque temps et finit par sécher ses larmes. Marguerite pleura un peu de son côté dans les bras de son père, dont les caresses et les baisers ne tardèrent pas à la consoler. Paul, habitué à se commander, fut pourtant triste et sombre tant que dura le chagrin de Marguerite ; son visage s'éclaircit au premier sourire de sa petite sœur, et il reprit sérieusement son travail quand il la vit tout à fait calme et riante.

Chapitre 13

La comtesse Blagowski

Les vacances étaient près de leur fin ; les enfants s'aimaient tous de plus en plus : Léon s'améliorait de jour en jour au contact de Paul et de ses excellentes cousines Camille et Madeleine. Son courage se développait avec ses autres qualités ; plusieurs fois il avait eu l'occasion de l'exercer, et il courait maintenant à l'égal de Paul au-devant du danger, sans toutefois le braver inutilement. L'idiot avait été vengé ; les parents des mauvais garnements qui l'avaient battu amenèrent les coupables chez Relmot père, et là, en présence du pauvre idiot, ils administrèrent chacun une correction si sanglante à leurs fils, que l'idiot se sauva en se bouchant les oreilles pour ne pas entendre leurs cris. Jacques était triste, mais résigné et plus tendre que jamais pour Paul et pour Marguerite ; Sophie se désolait du prochain départ de ses amis, mais surtout de celui de Jean, toujours si fraternel, si aimable pour elle.

« Tu n'as donc plus entendu parler de ta belle-mère ? lui disait un jour Jean dans leur cabane. Où est-elle ? Qu'est-elle devenue ?

— Je ne sais, répondit Sophie. Elle n'écrit pas ; j'avoue que je n'y pense pas beaucoup ; elle m'avait rendue si malheureuse que je cherche à oublier ces trois années de mon enfance.

JEAN

Quel âge avais-tu quand elle t'a abandonnée ? et quel âge au juste as-tu maintenant ?

SOPHIE

J'avais un peu plus de sept ans ; à présent j'en ai neuf, un an de moins que Madeleine et deux ans de moins que Camille.

JEAN

Et Marguerite, quel âge a-t-elle ?

SOPHIE

Marguerite a sept ans, mais elle est plus intelligente et plus avancée que moi. Je ne m'étonne pas que Paul l'aime tant ! Elle est si bonne et si gentille !

JEAN

Oh oui ! Paul l'aime bien. Quand on dit quelque chose contre Marguerite, ses yeux brillent ; on peut bien dire qu'ils lancent des éclairs.

270

Et comme il aime M. de Rosbourg !

JEAN

Oh ! quant à celui-là, si on s'avisait d'y toucher seulement de la langue, ce ne sont pas les yeux seuls de Paul qui parleraient, il tomberait sur vous des pieds et des poings.

— Sophie ! Sophie ! cria Camille qui accourait, maman te demande ; elle a reçu des nouvelles de ta belle-mère, qui vient d'arriver à sa terre et qui est bien malade. »

Sophie poussa un cri d'effroi quand elle sut l'arrivée de sa belle-mère ; elle voulut se lever pour aller chez Mme de Fleurville ; mais elle retomba sur sa chaise, suffoquée par ses sanglots.

« Ma pauvre Sophie, lui dirent Camille et Jean, remets-toi ; pourquoi pleures-tu ainsi ?

— Mon Dieu, mon Dieu ! il va falloir vous quitter tous, et retourner vivre près de cette méchante femme. Ah ! si je pouvais mourir ici, chez vous, avant d'y retourner !

— Pourquoi lui as-tu parlé de cela, Camille ? dit Jean d'un air de reproche. Pauvre Sophie, vois dans quel état tu l'as mise !

CAMILLE

Maman m'avait dit de la prévenir ; je suis désolée de la voir pleurer ainsi, mais je t'assure que ce n'est pas ma faute ; je devais bien obéir à maman.

271

Viens, ma pauvre Sophie, maman t'empêchera d'aller vivre avec ta méchante belle-mère, sois-en sûre.

— Crois-tu ? dit Sophie un peu rassurée. Mais elle voudra m'avoir, je le crains. Viens avec nous, Jean, que j'aie du moins mes plus chers amis près de moi. »

Jean et Camille, presque aussi tristes que Sophie, lui donnèrent la main, et ils entrèrent chez Mme de Fleurville, qu'ils trouvèrent avec M. et Mme de Rosbourg. Les larmes de Sophie ne purent échapper à M. de Rosbourg ; il se leva vivement, alla vers elle, l'embrassa avec bonté et tendresse, et lui demanda si c'était le retour de sa belle-mère qui la faisait pleurer.

SOPHIE, *en sanglotant.*

Oui, cher monsieur de Rosbourg ; sauvez-moi, empêchez-moi de quitter Mme de Fleurville et mes amies.

M. DE ROSBOURG

Rassure-toi, mon enfant, tu resteras ici ; Mme de Fleurville est très décidée à te garder. Et moi, qui suis ton tuteur, ajouta-t-il en souriant et en l'embrassant encore, je t'ordonne de vivre ici.

MADAME DE FLEURVILLE

Ma pauvre Sophie, tu n'aurais pas dû croire si facilement que je voulusse t'abandonner. Ta belle-mère s'étant remariée n'a plus aucune autorité sur toi, et c'est M. de Rosbourg, ton tuteur, et moi, ta tutrice, qui avons le droit de te garder.

SOPHIE

Ah ! quel bonheur ! Me voici toute consolée alors ; mais que vous dit donc ma belle-mère ?

— Ce n'est pas elle qui écrit ; c'est sa femme de chambre ; voici sa lettre :

« Trais honoré dame

Celci es pour vou dir qu ma metresse es trais malade de la tristece qe lui done la mor de son marri, chi nes pas conte ni Blagofsqui ; cè un eschapé des galaire du nom de Gornbou, qu'il lui a dévorai tou son arjan et queu le bon Dieu à lècé pairir qan il sé cheté dans le glacié pourlor queu les bon jandarm son vnu le prandr pour le rmetre au bagn. La povr madam en é tombé come une mace, el pleuré é demandé qu'on la ramen au chato de mamsel Sofi, alors jeu lé ramené e alor el veu voir mamsel, qel lui fai dir quel va mourire é qel veu lui doné sa ptit mamsel a elvé, avecque laqel jé loneure daitre ma trè onoré dam.

« Votr trè zumble cervante

Edvije Brgnprzevska

« fam de conpani de madam la contece Blagofsqa, qi né pas du tou contece, queu si jlavês su jnsrès pa zentré ché zel. Je pri cé dam dme trouvé une bon place de dam de conpagni ché une dam comil fo. »

Sophie et Jean ne purent s'empêcher de rire en lisant cette ridicule lettre si pleine de fautes.

« De quelle petite *mam'selle* parle cette femme, madame ? demanda Sophie.

MADAME DE FLEURVILLE

Je ne sais pas du tout ; c'est peut-être un enfant que ta belle-mère a eu depuis son mariage.

— Pauvre enfant, dit Sophie, j'espère qu'elle sera plus heureuse avec sa mère que je ne l'ai été.

— Écoute, Sophie, voici ce que nous avons décidé, M. de Rosbourg va aller voir ta belle-mère pour savoir au juste comment elle est et ce qu'elle veut. Attends tranquillement son retour et ne t'inquiète de rien ; ne crains pas qu'elle te reprenne ; elle ne le peut pas, et nous ne te rendrons pas. »

Sophie, très rassurée, embrassa et remercia Mme de Fleurville, M. et Mme de Rosbourg, et s'en alla en sautant, accompagnée de Jean, qui sautait plus haut qu'elle et qui partageait tout son bonheur. Une heure après, M. de Rosbourg était de retour et rentrait chez Mme de Fleurville.

« Eh bien, mon ami, quelles nouvelles ?

— La pauvre femme est mourante ; elle n'a pas deux jours à vivre ; elle a une petite fille d'un an, qui n'est guère en meilleur état de santé que la mère ; elle est ruinée par ce galérien qui l'a épousée pour son argent ; et enfin elle veut voir Sophie pour lui recommander son enfant et lui demander pardon de tout ce qu'elle lui a fait souffrir.

Croyez-vous que je doive y mener Sophie ?

M. DE ROSBOURG

Il faut que Sophie la voie, mais je l'y mènerai moi-même ; j'imposerai plus à cette femme ; elle a déjà peur de moi et elle n'osera pas la maltraiter en ma présence. »

M. de Rosbourg alla lui-même prévenir Sophie de la visite qu'elle aurait à faire ; il acheva de la rassurer sur les pouvoirs de son ex-belle-mère. Pendant que Sophie mettait son chapeau et prévenait ses amies Camille et Madeleine, M. de Rosbourg faisait atteler d'autres chevaux au phaéton, et ils se mirent en route.

Quand Sophie rentra dans ce château où elle avait tant souffert, elle eut un mouvement de terreur et se serra contre son excellent tuteur, qui, devinant ses impressions, lui prit la main et la garda dans la sienne, comme pour lui bien prouver qu'il était son protecteur et qu'avec lui elle n'avait rien à craindre. Ils avancèrent ; Sophie reconnaissait les salons, les meubles ; tout était resté dans le même état que le jour où elle en était partie pour aller demeurer chez Mme de Fleurville, qui avait été pour elle une seconde mère.

La porte de la chambre de Mme Fichini s'ouvrit. Sophie fit un effort sur elle-même pour entrer, et elle se trouva en face de Mme Fichini, non pas grasse, rouge, pimpante, comme elle l'avait quittée deux ans auparavant, mais pâle, maigre, abattue, humiliée. Elle voulut se lever quand Sophie entra, mais elle n'en eut pas la force ; elle retomba sur son fauteuil et cacha son visage dans ses mains. Sophie vit des larmes couler entre ses doigts. Touchée de ce témoignage de repentir, elle approcha, prit une de ses mains et lui dit timidement :

« Ma... ma mère !

— Ta mère, pauvre Sophie ! dit Mme Fichini en sanglotant. Quelle mère, grand Dieu ! Depuis que j'ai fait mon malheur par cet abominable mariage, depuis surtout que j'ai un enfant, j'ai compris toute l'horreur de ma conduite envers toi. Dieu m'a punie ! Il a bien fait ! Je suis bien, bien coupable,... mais aussi bien repentante, ajouta-t-elle en redoublant de sanglots et en se jetant au cou de Sophie. Sophie, ma pauvre Sophie, que j'ai tant détestée, martyrisée, pardonne-moi. Oh ! dis que tu me pardonnes, pour que je meure tranquille.

— De tout mon cœur, du fond de mon cœur, ma pauvre mère, répondit Sophie en sanglotant. Ne vous désolez pas ainsi, vous m'avez rendue heureuse en me donnant à Mme de Fleurville, qui est pour moi comme une vraie mère ; j'ai été heureuse, bien heureuse, et c'est à vous que je le dois.

MADAME FICHINI

À moi ! Oh non ! rien à moi, rien, rien, que ton malheur, que tes pénibles souvenirs, que ton mépris. Mon Dieu, mon Dieu, pardonnez-moi, je vais mourir. Je voudrais voir un prêtre. De grâce, un prêtre, pour me confesser, pour que Dieu me pardonne.

Sophie, ma pauvre Sophie, rends-moi le bien pour le mal, demande à ce monsieur, qui a l'air si bon, d'aller me chercher un prêtre.

M. DE ROSBOURG

Vous allez en avoir un dans quelques instants, madame ; j'y cours moi-même. »

Sophie resta près de sa belle-mère, qui continua à sangloter, à demander pardon, à appeler le prêtre. Sophie pleurait, lui disait ce qu'elle pouvait, pour la calmer, la consoler, la rassurer. Une demi-heure après, le curé arriva. Mme Fichini demanda à rester seule avec lui ; ils restèrent enfermés plus d'une heure ; le curé promit de revenir le lendemain et dit à M. de Rosbourg en se retirant :

« Elle demande qu'on la laisse seule jusqu'à demain, monsieur ; la vue de cette petite demoiselle réveille en elle de si horribles remords, qu'elle ne peut pas les supporter ; mais elle vous prie de la lui ramener demain. »

M. de Rosbourg rentra chez Mme Fichini et lui parla en termes si touchants de la bonté de Dieu, de son indulgence pour le vrai repentir, de sa grande miséricorde pour les hommes, qu'il réussit à la calmer.

« Revenez demain, dit-elle d'une voix faible, vous m'aiderez à mourir ; vous parlez si bien de Dieu et de sa bonté, que je me sens plus de courage en vous écoutant. Promettez-moi de me ramener vous-même Sophie. Pauvre malheureuse Sophie ! ajouta-t-elle en retombant sur son oreiller. Et son malheureux père, c'est moi qui l'ai tué ! Je l'ai fait mourir de chagrin ! Pauvre homme !... et pauvre Sophie !... »

Elle ferma les yeux et ne parla plus. M. de Rosbourg se retira après avoir appelé Mlle Hedwige et la femme de chambre. Il prit Sophie par la main, et tous deux quittèrent en silence ce château où mourait une femme qui, deux ans auparavant, faisait la terreur et le malheur de sa belle-fille. Quand ils furent en voiture, M. de Rosbourg demanda à Sophie :

« Lui pardonnes-tu bien sincèrement, mon enfant ?

SOPHIE

Du fond du cœur, cher monsieur. Dans quel état elle est, pauvre femme ! Elle m'a fait pitié.

M. DE ROSBOURG

Oui, la mort doit lui faire peur. Nous mourrons tous un jour ; prions Dieu de nous faire vivre en chrétiens, pour que nous ayons une mort douce, pleine d'espérance et de consolation. Le bon Dieu aura pitié d'elle, car elle paraît bien sincèrement repentante. »

Quand ils revinrent à Fleurville, ils trouvèrent tout le monde rassemblé sur le perron pour les recevoir.

« Tu as pleuré, pauvre Sophie ! » dit Jean en lui serrant une main, pendant que Paul lui prenait l'autre main.

Sophie leur raconta le triste état de sa belle-mère et tous les détails de leur entrevue ; ils furent tous émus du repentir de Mme Fichini, et plaignirent Sophie de l'obligation où elle était d'y retourner le lendemain.

M. de Rosbourg raconta de son côté à sa femme

et à ses amis comment s'était passée cette pénible visite ; il parla avec éloge de la sensibilité de Sophie, et regretta de devoir lui faire recommencer le lendemain les mêmes émotions.

« C'est singulier qu'elle n'ait pas parlé de l'enfant que signale Mlle Brrrr..., je ne sais quoi ; il n'en a pas été question. Nous verrons demain. »

Chapitre 14

Dernier chapitre

Le lendemain, M. de Rosbourg mena encore Sophie chez sa belle-mère. L'entrevue de la veille avait fait une fâcheuse impression sur l'état de la malade. Le curé y était ; il administrait l'extrême-onction[1]. M. de Rosbourg et Sophie se mirent à genoux près du lit de la mourante. Quand le prêtre se fut retiré, Mme Fichini appela Sophie, et, lui prenant la main, elle lui dit d'une voix entrecoupée :

« Sophie,... j'ai un enfant,... une fille... Je suis ruinée... Je n'ai rien à lui laisser... Tu es riche,... prends cette pauvre petite à ta charge,... protège-la... Ne sois pas pour elle... ce que j'ai été pour toi... Pardonne-moi... Je n'exige rien... Ne me promets rien,... mais sois charitable... pour mon enfant... Adieu,... ma pauvre Sophie... Adieu,... ma pauvre, pauvre enfant !

— Soyez tranquille, ma mère, dit Sophie, votre

---

1. Sacrement qu'on administre aux mourants.

fille sera ma sœur, et je vous promets de la traiter et de l'aimer comme une sœur. Mme de Fleurville, qui est si bonne, et M. de Rosbourg, mon excellent tuteur, me permettront d'avoir soin de ma sœur. N'est-ce pas, monsieur de Rosbourg ?

Oui, mon enfant, suis l'instinct de ton bon cœur ; je t'approuve entièrement.

Merci, Sophie, merci... Grâce à toi,... grâce à ton tuteur... et à ce bon curé,... je meurs plus tranquille... Priez tous pour moi... Que Dieu me pardonne... Adieu, Sophie,... ton père... pardonne... Je souffre... J'étouffe... Ah ! »

Une convulsion lui coupa la parole. M. de Rosbourg saisit Sophie, terrifiée, dans ses bras, l'emporta dans la chambre voisine, la remit entre les mains de Mlle Hedwige et revint se mettre à genoux près du lit de Mme Fichini, qui ne tarda pas à rendre le dernier soupir. Il pria pour l'âme de cette malheureuse femme, dont la fin avait été si troublée par ses remords. Il dit à un vieux concierge qui habitait le château de prendre avec le curé tous les arrangements nécessaires pour l'enterrement ; puis il vint prendre Sophie pour la ramener chez Mme de Fleurville.

« Mais la petite fille, dit Sophie, que va-t-elle devenir ?

— C'est juste, dit M. de Rosbourg. Mademoiselle Hedwige, ayez la bonté de vous occuper de cette enfant jusqu'à ce que nous ayons pris des arrangements pour son avenir.

SOPHIE

Je voudrais bien la voir, monsieur, avant de m'en aller.

M. DE ROSBOURG, *à Mlle Hedwige.*

Où est-elle, mademoiselle ?

MADEMOISELLE HEDWIGE

Dans la chambre à côté, monsieur. Donnez-vous la peine d'entrer. »

Ils entrèrent et virent une bonne qui tenait sur ses genoux une pauvre petite fille, maigre, pâle, chétive.

« Cette petite est malade, dit M. de Rosbourg.

— Elle a toujours été comme ça, monsieur, dit Mlle Hedwige ; le médecin pense qu'elle ne vivra pas. »

Sophie voulut l'embrasser ; la petite détourna la tête en pleurant. M. de Rosbourg voulut à son tour s'approcher ; l'enfant jeta des cris perçants.

« Allons-nous-en, dit M. de Rosbourg ; une autre fois nous lui ferons peut-être moins peur. »

Et ils partirent pour retourner à Fleurville. Pendant que Sophie racontait à ses amis la mort de sa belle-mère, M. de Rosbourg réglait avec Mme de Fleurville l'avenir de la petite fille.

Sophie ne peut pas traiter comme sa sœur la fille d'un galérien et de cette femme qui n'a jamais été pour elle qu'un bourreau ; cette Mlle Hedwige me paraît bonne personne, quoique ignorante et bornée. On lui payera une pension pour l'enfant et la bonne, et ils vivront dans un coin du château. Quand l'enfant sera plus grande, nous verrons ; mais je crois qu'elle ne vivra pas. »

Les prévisions de M. de Rosbourg ne furent pas trompées ; la fille de Mme Fichini mourut de langueur peu de mois après, et Mlle Hedwige entra comme dame de compagnie chez une vieille dame valaque qui lui faisait donner des leçons de français à ses petits-enfants, et qui la garda jusqu'à sa mort en lui laissant de quoi vivre convenablement.

Les vacances finissaient ; le jour du départ arriva. Les enfants étaient fort tristes ; Jacques et Marguerite pleuraient amèrement. Sophie pleurait, Jean s'essuyait les yeux, Léon était triste, Paul était sombre et regardait d'un air navré pleurer Marguerite et Jacques. Il fallait bien enfin se séparer ; ce dernier moment fut cruel. M. de Traypi arracha Jacques des bras de Paul et de Marguerite, sauta avec lui en voiture et fit partir immédiatement. Marguerite se jeta dans les bras de Paul et pleura longtemps sur son épaule. Il parvint enfin à la consoler, à la grande satisfaction de Mme de Rosbourg, qui la regardait pleurer avec tristesse.

Ton petit ami est parti, ma chère, chère enfant !
mais ton grand ami te reste ; tu sais comme Paul
t'aime ; entre lui et moi, nous tâcherons que tu ne
t'ennuies pas et que tu sois heureuse.

MARGUERITE

Oh ! papa, je ne m'ennuierai jamais près de vous
et de Paul, et je serai toujours heureuse avec vous :
mais je pleure mon pauvre Jacques, parce que je
l'aime ; et puis c'est qu'il m'aime tant, qu'il est malheureux loin de moi.

M. DE ROSBOURG

Mes pauvres enfants, c'est toujours ainsi dans le
monde ; le bon Dieu nous envoie des peines, des chagrins, des souffrances, pour nous empêcher de trop
aimer la vie et pour nous habituer à la pensée de la
quitter. Quand tu seras plus grande, ma petite Marguerite, tu comprendras ce que Paul comprend très
bien déjà ; c'est que, pour bien et chrétiennement
mourir, il faut bien et chrétiennement vivre, souffrir
ce que le bon Dieu nous envoie, être charitable pour
tout le monde, aimer Dieu comme notre père, les
hommes comme nos frères.

Conclusion

Les vacances étant finies, nous laisserons grandir, vivre et mourir nos amis sans plus en parler.

Je dirai seulement à ceux qui ont pris intérêt à mes enfants, que Mme de Rosbourg alla s'installer dans son nouveau château, mais qu'elle continua à voir Mme de Fleurville tous les jours ; que Marguerite et Paul donnaient tous les jours aussi rendez-vous à leurs trois amies à mi-chemin des deux châteaux ; que l'hiver ils demeuraient tous ensemble à Paris, dans l'hôtel de M. de Rosbourg ; que Camille fit sa première communion l'année d'après, Madeleine un an plus tard ; qu'elles restèrent bonnes et charmantes comme nous les avons vues dans *LES PETITES FILLES MODÈLES,* qu'elles se marièrent très bien et furent très heureuses ; que Sophie devint de plus en plus semblable à ses amies, dont elle ne se sépara qu'à l'âge de vingt ans, lorsqu'elle épousa Jean de Rugès ; que

Marguerite ne voulut jamais quitter son père et sa mère, ce qui fut très facile, puisqu'elle épousa Paul quand elle fut grande, et que tous deux consacrèrent leur vie à faire le bonheur de leurs parents. Léon, devenu aussi bon, aussi indulgent, aussi courageux qu'il avait été hargneux, moqueur et timide, devint un brave militaire. Pendant vingt ans il resta au service ; arrivé, à l'âge de quarante ans, au grade de général, couvert de décorations et d'honneurs, il quitta le service et vint vivre près de son ami Paul, qu'il aimait toujours tendrement.

Jacques conserva toujours la même tendresse pour Paul et Marguerite ; tous les ans, il venait passer les vacances avec eux. Quand il devint grand, il entra au Conseil d'État, épousa une sœur de Marguerite, née peu de temps après nos *VACANCES*, nommée Pauline en l'honneur de Paul, qui fut son parrain, et qui était en tout semblable à Marguerite, dont elle avait la bonté, la tendresse, l'esprit et la beauté. Il fut toujours un homme charmant, plein d'esprit, de vivacité, de bonté, de vertu, et ils vécurent tous ensemble, parfaitement heureux.

Les Tourne-boule quittèrent le pays et la France pour habiter l'Amérique avec les débris de leur fortune perdue en luxe et en vanité ; Mlle Yolande, mal élevée, sans esprit, sans cœur et sans religion, se fit actrice quand elle fut grande et mourut à l'hôpital. M. Tourne-boule, rentré en France et mourant de faim, fut très heureux d'être reçu chez les petites sœurs des pauvres, où il rendit des services en reprenant son ancien métier de marmiton.

Table

Composition MCP — Groupe Jouve — 45770 Saran
N° 011094N

⊟hachette s'engage pour
l'environnement en réduisant
l'empreinte carbone de ses livres.
Celle de cet exemplaire est de :
850 g éq. CO$_2$
Rendez-vous sur
www.hachette-durable.fr

PAPIER À BASE DE
FIBRES CERTIFIÉES

Imprimé en Roumanie par G. Canale & C. S.A.
Dépôt légal : mars 2006
Achevé d'imprimer : janvier 2016
20.1140.1/17 — ISBN 978-2-01-201140-3

Loi n° 49-956 du 16 juillet 1949
sur les publications destinées à la jeunesse